ÉDOUARD DUJARDIN

MARI MAGNO

POÈMES

1917-1920

Grave — mari magno turbantibus æquora ventis

PARIS

LES CAHIERS IDÉALISTES

1922

MARI MAGNO

DU MÊME AUTEUR :

Les Lauriers sont coupés, roman ; Les Hantises, contes ; Trois Poèmes en prose et en vers (Mercure de France).

L'Initiation au péché et a l'amour, roman (Mercure de France).

Antonia, légende dramatique en trois parties (Mercure de France).

Poésies (Mercure de France).

La Source du fleuve chrétien, histoire critique du judaïsme ancien (Mercure de France).

Les Prédécesseurs de Daniel, exégèse (Fischbacher).

De Stéphane Mallarmé au prophète Ézéchiel, essai d'une théorie du réalisme symbolique (Mercure de France), épuisé.

Les Epoux d'Heur-le-port, légende du temps présent, avec trois bois hors texte par Franz Mazereel (Cahiers Idéalistes).

A paraître :

Marthe et Marie, légende dramatique.

Le dieu mort et ressuscité, mystère dramatique.

Le dieu Jésus, étude sur les origines du christianisme.

Il a été tiré de cet ouvrage :

40 exemplaires sur grand papier vergé d'Arches impérial, numérotés de 1 à 40 et signés par l'auteur :

310 exemplaires sur papier vélin pur fil Lafuma, numérotés de 41 à 350;

et 50 exemplaires sur le même papier, réservés à l'auteur et hors tout commerce, qui seront marqués des initiales E. D.

EXEMPLAIRE E. D.

En vente chez J. Povolozky et Cie, 13, rue Bonaparte, à Paris.

ÉDOUARD DUJARDIN

MARI MAGNO

POÈMES

1917-1920

Grave — mari magno turbantibus æquora ventis

PARIS

LES CAHIERS IDÉALISTES

1922

AVANT-PROPOS

Suave — mari magno... — *Il est suave, a dit Lucrèce, lorsque sur la grande mer les vents troublent les eaux, de contempler du rivage le spectacle de la tourmente...*

Grave — mari magno... — *On reprend, en le corrigeant, le vers célèbre ; et certes il a été grave, il a été grave et il n'a pas été suave, de contempler l'affreux spectacle...*

Les poèmes aujourd'hui réunis sous ce titre, Mari Magno *ne sont rien que les réactions des événements et du spectacle de la tourmente dans la conscience, ou plutôt dans l'inconscient d'un homme qui est resté sur le rivage.*

*
* *

Présentant au public le recueil de mes vers de jeunesse (1), *je disais en ces temps, en ces temps lointains :*

(1) Avant-propos du *Délassement du Guerrier*, 1904, reproduit dans les *Poésies*, 1913.

« L'écrivain a cueilli au cours des années quelques fleurettes, dont il apporte l'humble gerbe. Et une seule chose lui importe, c'est qu'elles ont été cueillies, les moindres de ces fleurettes, dans les larmes et dans la joie de la vie vivante, et qu'il ne lui a pas été possible de ne pas les cueillir. »

« Je ne suis pas, disais-je encore, je ne peux pas être de ceux qui prennent la plume pour autre chose que pour exprimer le cycle d'une émotion de vie. »

Et je ne voulais pas, pour le poète, d'autre but à son travail que ceci, « le soir, quand il est seul en face de lui-même, dire l'émotion qu'il a vécue ».

*
* *

1917 — 1920! Ce ne sont plus des fleurettes, mais d'âpres gerbes qu'on aura cueillies pendant ces quatre années, et non pas dans la joie! pas même dans les larmes! dans l'indignation. Mais c'est toujours, au jour le jour, au soir le soir, l'émotion d'heures intensément vécues qui s'efforce à s'exprimer.

Qu'on ne cherche pas autre chose. Aucune idée politique surtout. Je ne puis que le répéter; un sursaut, une révolte, une horreur, une indignation s'est élevée dans la conscience, ou plutôt dans l'inconscient d'un homme, qui n'a pas pu ne pas le dire, — et qui l'a dit avec son art... Il est bien entendu qu'il ne s'agit pas d'improvisation; ce que l'inconscient fournit souverainement, la méditation s'en empare, et le travail, lent et dur ouvrier, le met en œuvre; mais le travail, probe ouvrier, ne saurait utiliser à des fins étrangères l'irréductible nécessité originelle. Si quelque chose se dégage ici en tant qu'idée, si quelque enchaînement apparaît, c'est qu'il en devait être ainsi, et jamais moins de doctrine n'a dirigé à travers quatre années une suite de poèmes.

*
* *

Le recueil se termine avec l'année 1920. Lassitude. Découragement aussi. Et aussi le sentiment grandissant qu'en face du spectacle que se donnent aujourd'hui les hommes, il faudrait moins l'indignation que le rire. Moins Jérémie qu'Aristophane. Mais le rire n'est-il pas, de tous leurs dons, celui que les dieux accordent le plus jalousement au poète?

Septembre 1921.

1917

A LA MÉMOIRE DE JOSEPH HALÉVY

Professeur à l'École des Hautes Etudes,
mort, dans sa 90e année, le 21 janvier 1917.

Je l'ai vu pour la première fois il y a dix ans; j'allais lui porter un livre qui lui doit beaucoup; depuis longtemps je m'étais instruit de ses travaux; c'était un maître sémitisant.

Hébraïsant au point de composer des poésies en hébreu, il savait quasiment toutes choses de ce qui voisinait aux études sémitiques; des dialectes arabiques, il avait passé aux iraniens et avait affronté le sanscrit; il lisait les écritures égyptiennes aussi bien que la cunéiforme; il professait les langues touraniennes, donnait des leçons d'assyriologie; le grec et le latin, bien entendu.

Quant aux langues européennes vivantes, il s'étonnait qu'un chacun ne les entendît toutes; leurs syntaxes et dictionnaires n'ayant point d'obscurités, disait-il, quelle peine y avait-il à les apprendre?

Il était né à Andrinople, mais il ne vint à Paris que vers la quarantaine; qu'avait-il été jusque-là? des légendes couraient, on racontait qu'il avait été portefaix à Constantinople.

Joseph Derembourg l'eut pour secrétaire; il se fit naturaliser Français; personne ne lui connut de famille en France; sa vie, pendant cinquante ans, se distribua entre la Sorbonne, le Séminaire israélite et la Société Asiatique, où ses querelles avec Oppert réjouirent le monde savant d'un regain homérique.

Il habitait, rue Champollion, au centre le moins heureusement famé du Quartier Latin, une très vieille et obscure maison, où passaient des ouvriers d'art, et dont le soleil ne chauffait que les toits.

C'était un affreux logement, carrelé et sans rideaux; aucun meuble, si ce n'est un petit poêle en fonte, un fauteuil canné comme en ont quelquefois les caissiers, deux chaises, une table en bois blanc; et, appuyés au long des murs, des livres en multitudes, des livres en monceaux, en tas croulants.

Pour saisir un d'entre eux, on le voyait l'arracher d'une pile; et la masse oscillait; ensuite, il le replaçait sur le tas.

Il était petit, gros, vêtu comme au faubourg, les yeux à fleur de tête et bordés de rouge; et, je parle d'il y a dix ans, il allait et venait, courait, gesticulait, criait; âme ingénue; bouche coléreuse; réponse à tout; il n'avait que quatre-vingts ans.

Et, dans ce foyer, deux flammes. L'une était la science; vivant pour les choses de la science, et pour elles seules, et rien que pour elles; âme entière donnée; oreille close à tout intérêt qui ne la concernait point; aussi ignorant de la vie parisienne que M. Un Tel des questions himyarites. L'autre était une rouge et sombre jalousie, toujours en éveil, vite féroce : Israël.

Et les deux flammes s'emmêlaient étrangement pour faire dans ce vieux cœur de solitaire un grand amour.

Je l'ai vu pour la dernière fois l'avant-dernier hiver; la concierge me dit : Je vais monter vous ouvrir; il ne répond plus.

Il était assis dans le fauteuil canné, face au petit poêle, immobile, tassé comme quelqu'un qui n'aurait plus le mouvement; les piles de livres gisaient, chargées de poussière.

Il tourna la tête et me salua par mon nom; je lui dis quelques mots; il ramena la tête dans sa position première; il y eut un silence; et, les yeux fixés face au petit poêle, sans remuer aucunement, il me parla.

« Travaillez. Ecrivez; faites des élèves. Transmettez ce que vous avez reçu; transmettez ce que vous aurez acquis. Enrichissez l'héritage.

« Ne vous découragez pas. Ils ont beau faire; l'héritage ne diminue pas; l'héritage augmente. Tandis qu'ils détruisent, voilà votre tâche, conserver et construire. Ne vous découragez pas; vous êtes plus fort qu'eux.

« Ce qui est mauvais périt; ce qui est bon ne périt pas. Quoi que vous voyiez, ne vous découragez pas.

« Savez-vous ce qu'ils viennent de faire encore à Israël? on ne vous l'a peut-être pas dit? vous n'aurez pas accepté de le croire?

« Un soir, au son des tambours, on a annoncé à un demi-million de Juifs qu'il fallait quitter leurs villes, tous et tout de suite, avant l'aube.

« Pas de rémission; ceux qu'on retrouvera demain seront éventrés; et en avant! sous le plat des sabres ou sous la crosse des fusils et sous l'insulte, et sous le knout, les enfants, les femmes, les vieux! Derrière eux, c'est le pillage de leurs pauvres maisons abandonnées, et l'incendie.

« Ainsi fit Nabuchodonosor, roi de Babylone, vous vous en souvenez.

« Mais Nabuchodonosor déportait des ennemis; ils déportent leurs sujets. Nabuchodonosor déportait des révoltés; ils déportent des genoux suppliants.

« Nabuchodonosor se glorifiait; eux, leur cœur tremble, et leurs lèvres calomnient pour se justifier.

« Ils disent que nous les avons trahis. Qui a trahi?

est-ce nous, ou leurs ministres, ou leurs généraux, ou leurs grands-ducs, ou bien leurs bureaucrates, ceux-là mêmes qu'eux-mêmes ils ont pendus à l'arbre?

« Savez-vous ce que fut la caravane? des wagons à bestiaux; pas même en nombre suffisant; eh bien, on ira sur ses jambes; et il y a des femmes avec l'enfant au sein, des infirmes, des blessés de leurs propres régiments.

« Quiconque apporte un secours, les gendarmes rient, et ils le chassent; quiconque implore un secours, ils grincent des dents, et ils le fouettent.

« Où va-t-on? Ici? on les refoule là. Là? on les refoule ici. Nabuchodonosor jouait-il de ce jeu d'enfer?

« Leur empire n'est qu'un parcage de petites nations violentées qui demandent la délivrance; je pense bien qu'ils vont donner à l'ennemi l'exemple, et commencer par affranchir dans la maison.

« Mais nous, les Juifs?...

« La Dispersion, chez les Césars, avait ses droits, vous le savez, monsieur qui les avez étudiés. Chez eux, elle n'a qu'une face de bête traquée.

« Ils ne pardonnent, entre les Juifs, qu'aux prostituées, ces protecteurs des peuples asservis. »

Et, après un silence :

« Croyez-vous qu'ils aient mieux réussi que tous ceux qui, depuis trois mille ans, ont entrepris, l'un après l'autre, d'anéantir Israël?...

« Comme si on anéantissait Israël!... »

Et il reprit, toujours absolument immobile :

« Travaillez, monsieur. Ecrivez; faites des élèves. Transmettez ce que vous aurez reçu; transmettez ce que vous aurez acquis. Soyez, pour l'héritage, un bon père de famille.

« On ne peut rien contre la science; on ne peut rien contre Israël.

« Le mal périt; le bien résiste. Ne vous découragez pas. L'héritage a l'enveloppe dure.

« Ne dites pas : humble je suis; humble est mon lot; humble est l'offrande. Tout lot est part de l'héritage; toute offrande est acquet à l'héritage.

« Voyez ce que je suis, monsieur; le peu que je suis; le rien que je serai. Nul caillou n'est si petit qu'il ne serve à pierrer la route qui mène à Jérusalem.

« Ayez courage. Travaillez. Les barbares qui déchirent Israël ne peuvent rien contre Israël, ni contre la science, ni contre la libération des peuples,

« Aujourd'hui pas plus qu'aux heures de Nabuchodonosor.

« Car, ainsi dit l'Eternel, si vous pouvez rompre mon alliance avec le jour et mon alliance avec la nuit, de sorte qu'il ne soit plus jour ou nuit quand c'est le temps,

« Alors aussi mon alliance avec David, mon serviteur, pourra se rompre. »

Derrière la porte du judaïsme, je ne suis qu'un voyageur qui écoute, guettant à démêler le sens de quelques-unes entre les grandes paroles de l'histoire, de quelques-uns entre les plus nobles idéaux humains;

Mais pouvais-je, bien qu'incrédule, ne pas saluer de ma vénération,

Mains jointes,

Et les larmes aux yeux,

L'optimisme vermeil du vieux Juif qui sur les marches de la fosse me parlait de l'avenir?

Ecrit en février 1917.

POUR LE GRAND AMI D'AU-DELA LES MERS

à Houston Stewart Chamberlain.

C'était l'un des ancêtres du Pollion qui fut fameux, sous les Césars, à Rome; il était né, trois ou quatre cents ans avant notre ère, dans les montagnes et les neiges du Samnium, âpre berceau de la famille;

Par une fortune dont j'ignore les causes, il avait été élevé sous les cieux clairs de la Sicile;

Puis, il était venu à Rome (1).

Coutumier des méditations prolongées, il regarda fixement les peuples, leurs origines et leurs destinées;

Il aperçut que l'Italie avait une mission : régénérer le monde, parce que son cœur était le plus ferme, et qu'elle avait inventé le droit;

Et Rome reconnut en la jeune voix de Pollion sa vieille voix séculaire; cette salutation d'un peuple qui se reconnaît en un homme, se dénomme la gloire.

Mais il ne séparait pas dans sa pensée les âpres

(1) L'auteur n'avait pas à avertir la Censure, en avril 1917, que son imaginaire Pollion était une transposition d'Houston Stewart Chamberlain lui-même, né en Angleterre et Anglais, élevé en France et devenu Allemand.

montagnes familiales et la claire cité sicilienne et Rome; il croyait en l'œuvre commune.

Soudain, voici Romains et Samnites en guerre; la Sicile s'est alliée au Samnium; l'Italie entière s'allume; les armes heurtent les armes.

... (Que l'on ne cherche point cet épisode dans aucun des livres de Tite-Live; et que Clio soit indulgente!)

Pollion voit se dresser sa nouvelle patrie contre sa terre natale et contre la terre de son adolescence; et j'imagine — ne me demandez pas, Pollion, que je vous approuve! — j'imagine comment, dans votre esprit, un lent travail, un très ancien travail put aboutir.

Oui, depuis des années, peu à peu et chaque jour, vous jugiez Rome plus digne de la mission que votre philosophie lui avait octroyée;

Et, peu à peu et chaque jour, — ah! Pollion, pourquoi votre esprit en jugea-t-il ainsi? — vous jugiez qu'ils en étaient moins dignes, vos anciens compatriotes du Samnium, vos anciens condisciples de la Sicile,

Tels, de pauvres cadets que l'aîné lâche en route... — ah! Pollion, me demandez-vous de vous suivre? vous suivre, non! mais vous comprendre, oui!

Il me semble entendre, ce jour-là, le cri muet de votre bouche :

« Hélas! la montagne où je suis né! hélas! les jardins dorés où j'ai grandi! ils ont abdiqué leur part de la mission; à Rome seule appartient d'accomplir, sans eux, malgré eux et contre eux, l'œuvre héroïque. »

Ainsi Pollion songeait-il, solitaire, au pied des rostres; l'ombre vespérale descendait, une à une, les marches du Capitole; je ne sais quels dieux lointains glissèrent autour de lui dans l'air, formes flottantes; l'un d'eux, qui avait hautaine allure, parla, et il lui dit :

« Rome t'a donné la richesse et la louange; Rome n'a plus rien à te donner.

« Reviens au pays de tes pères; reviens, si tu t'y complais mieux, au pays de ton adolescence; les frères que tu retrouveras auront pour toi de nouvelles couronnes et combien d'or!

« Ne seras-tu pas celui qui aura secoué ses sandales sur la ville barbare?

« Tu nous diras quelles sont les faiblesses romaines et tu te réjouiras aux réveils de notre force.

« Tu seras un retour d'enfant prodigue; viens! nul veau ne sera assez gras pour la bombance. »

Pollion releva le front; le soleil couchant rougissait le Capitole; dans Rome, par derrière, on entendait des bruits d'armes qu'on aiguise; un petit dieu bossu, crochu, ventru, cornu, s'était tapi contre sa toge; il toussa, cracha, soupira, et il dit :

« Moi, je connais un tiers parti, un sûr parti, un

bon parti, et tout repos... Le neutre te tend ses bras... Sois neutral, mon Pollion! »

O Pollion, l'éclat de votre rire! votre franc rire qui cascade comme un torrent! et vous montiez les marches saintes qui montent vers Jupiter.

Ami, qui résidez au-delà d'infranchissables mers,

Un jour, il nous sera rendu de les franchir, ces mers; le soir, après le fraternel dîner, l'heure sonnera du coude sur la nappe hospitalière, et des nuages emmêlés de votre cigarette et de mon cigare;

Et nous aurons, à ce moment, maille à partir, et controverse, et grondante dispute, et je vous retorquerai vos conclusions et ne vous concéderai pas même vos prémisses.

Mais, entre ceux, ici, qui vous glorifient et ceux, là, qui vous injurient,

Je me lève et je dis qu'il est beau, dans l'erreur ou dans la vérité, d'obéir à son cœur.

Vous n'avez point renié les dieux de votre cœur; vous avez préféré le foyer de votre adoption au foyer de votre naissance, au foyer de vos quinze ans; avez-vous délibéré? je n'en crois rien; vous avez dit :

« Ici, j'ai pressenti le lourd secret d'un peuple; ici, j'ai frappé juste, puisque la fontaine a jailli.

« Ici, des rêves se sont éveillés frères jumeaux avec mes rêves; ici, mon subconscient s'est retrouvé natif.

« La patrie est celle où l'on entend les mêmes chants d'oiseaux, où l'on marche de conserve dans le sens des mêmes étoiles.

« Ma patrie est parmi ceux qui m'ont rendu mon âme, parmi ceux dont j'ai remis l'âme en chemin. »

Au plus loin des clans préhistoriques, quand les hommes erraient en quête du gibier et de la pêche et des fruits pris aux arbrisseaux et des fontaines,

Quel lien attachait ces bégayants sauvages en groupes indestructibles? la parenté physique? non point; mais une parenté mystique,

De sorte qu'ils communiaient, non point en l'ancêtre dont ils étaient peut-être issus, mais en l'ancêtre totémique en qui ils se reconnaissaient frères,

Et nos civilisations sont nées du fait social originel.

... Comment auriez-vous, ô mon ami, renié le clan où vous vous êtes reconnu l'un des fils du même père spirituel?

Saura-t-on combien ont trahi!

Ils n'ont point trahi la patrie où ils sont nés; ils ont

trahi la patrie de leur foi, de leur espérance et de leur amour.

Ils n'ont point trahi leur terre; ils ont trahi leur ciel.

Et voyez leur premier châtiment; ils sont devenus bas.

Vous, je n'ai guère entendu les paroles que vous avez dites dans la tourmente; de si loin, d'informes échos m'en sont seuls parvenus, et le son n'en fut pas toujours agréable à mes oreilles.

Mais vous avez été fidèle, — fidèle, cette première des grandes vertus! cette première des grandes noblesses! cette première des grandes beautés!

Votre récompense, la voici : vous êtes demeuré très grand, très noble et très beau.

Nos chemins sont différents; je suis le mien; je ne suis pas le vôtre; sachez-le, je n'aime pas le vôtre; mais je vous aime, et vous admire, et vous envie d'avoir donné aux hommes un tel exemple.

Ecrit en mars 1917.

QUATRE ANS APRÈS

Pendent opera interrupta.

Derrière mes épaules où je me tasse, j'entends les cris des grands vainqueurs, et faudrait voir qu'ils n'outragent pas leurs vaincus!

Et je vous imagine
Avec votre œuvre, ô Pollion, l'œuvre de Rome,
En face de l'événement.

Titan foudroyé? que non pas!

Aujourd'hui votre corps est inerte,
Mais vos yeux sont large ouverts et ils rient;
O le plus pur regard, ô le rire le plus libéré,
Toute acceptation et toute certitude,
Grand saint, c'est votre rire que j'imagine,
Votre rire, dans les étoiles.

Ecrit en 1921.

AINSI PARLERAIT-IL PEUT-ÊTRE

Au plus lointain de votre histoire, vos pères s'échappaient des molles plaines de la Cisalpine, sitôt qu'avril ramenait les bonnes randonnées, pour la bataille et le sac des cités italiques;

Ils chargeaient, avec des rires, faisaient ripaille, et criaient : Malheur aux vaincus!

Ou bien, c'était les Volces du pays de Toulouse, qui, délaissant la Loire, le Rhin et le Danube et le Vardar,

Escaladaient les cimes où siégeait Apollon Pythien,

Gamins pillards, amoureux de plaies et de bosses,

Et ils s'en revenaient, point enrichis, sinon de horions, en disant : On s'est amusé.

... Vous,

Ces jeux-là vous amuseraient-ils?

Vêtus d'armures, plume au cimier, lance au poing, vos pères longtemps ont détroussé le pacifique.

Mais le délice, c'était de pourfendre le camarade, sous les regards intéressés des dames,

D'estoc, de taille, oh! le sport plaisant!

... Mais vous, vous avez d'autres sports.

Souvenez-vous de Clermont, et de Pierre-l'Ermite, et de Godefroi; et comme ils se sont rués, vos pères, ils ne savaient où, vers les Lieux Saints.

L'astre était sorti de Jacob; l'étoile était levée dans l'aube de l'orient.

Et les bons chevaliers se réjouissaient dans leur barbe de travailler pour Dieu en jouant du joujou aimé de la guerre.

... Vous, savez-vous un saint sépulcre à conquérir ?

Le royaume de Jérusalem ? un protectorat modeste vaut-il pas mieux ?

Et vous tâcherez à éviter l'effusion du sang.

Et puis, souvenez-vous comment, au cours de votre histoire, la politique a succédé à la folle aventure.

Le Cardinal entend qu'on se batte en vue de buts pratiques, et le Grand Roi pour l'hégémonie de sa maison.

Car Louis est digne de régner, et Versailles est une grande merveille.

... Hors la Société des Auteurs, qui parmi vous croit que Paris soit le cerveau du monde ?

Et quel fol professerait que celui qui veut régner est sans doute digne de régner ?

L'Europe s'est dressée contre vos pères; il fallut se défendre; on s'est défendu; quiconque n'était pas vainqueur était criminel; là-bas, la poudre; ici, la guillotine.

Se défendre ? qui parle de se défendre ? nul ne peut se défendre, s'il n'a le cœur d'attaquer.

Et l'on porta aux hommes, par toute l'Europe, leur délivrance.

... Etes-vous ces messies, ces martyrs, ces dieux ?

Vos pères ont eu Napoléon, ton dernier né, ancienne France, et votre amour secret, fils de l'ancienne France!

La guerre ruisselle,

Comme aux temps gaulois, joyeuse autant qu'un rire d'enfant,

Comme aux croisades, fraîche autant qu'un matin d'avril,

Et voici, toute nue, la joie de vivre.

Sonner la charge depuis Cadix jusqu'à Moscou, et montrer à l'Europe qu'on est le vol de l'aigle,

Et serrer la taille aux filles de Germanie, en buvant le petit vin rhénan,

Et berner l'Angliche,

Et se couronner des lauriers de César,

Et régler pour Talma un parterre de rois bêlants,

Et mourir, le front dévasté, dans un îlot de l'Atlantique,

Tandis qu'ici les cœurs se crispent d'une extase silencieuse.

... Mais vous dites, vous, que l'on est guéri; vous ne rêvez plus hégémonie; chacun chez soi, dans son usine, dans son bureau, dans sa mine; et il est bon qu'au Parlement vous vous chamailliez en famille.

Quelques années encore, — un quart de siècle, je suppose, — vos poètes ont touché les cordes des survivances; mais Hugo vieillard corrige Hugo jeune homme.

Des réveils encore, Magenta, Malakoff, le brave général Boulanger, l'agonie de la folie gauloise.

Depuis quarante-quatre ans, n'est-ce pas le refrain de votre chanson? vous avez exorcisé la guerre dans vos cœurs.

Vos pères ont fauté ? leurs fils sont des sages; deux mille ans de combat donnent droit au repos; deux mille ans de vertus guerrières, aux vertus pacifiques.

Voulez-vous conquérir la planète ?

Allez-vous restituer le taurobole ?

Avez-vous des flambeaux à porter, des idéaux à distribuer ?

Vous avez fait la guerre aux curés, oui-dà!

Jusqu'à quel rêve d'ambition surhumaine avez-vous rêvé de surmonter en vous l'humanité ?

Un mauvais arrangement vaut mieux qu'un bon procès, ainsi parle votre sagesse; seul, le fin Normand hochera la tête, à qui la chicane est un sabbat béni; mais vous acquiescez des paupières.

Et quand vous vous battez, canaille, c'est par lâcheté.

Zarathoustra, tu as chanté la guerre; et la paix, comme un moyen de guerre nouvelle; et la courte paix, plus que la longue;

Et que ce n'est pas la bonne cause qui sanctifie la guerre, mais la bonne guerre qui sanctifie la cause.

Tu as ordonné aux fleurs de fleurir; à la mer, de monter ses marées; aux lions, d'être des lions; tu n'as pas exigé des pierres qu'elles aient des ailes.

Tu as chanté la guerre aux cœurs haletants de rouge amour.

Mais tu n'as pas chanté la guerre de Raton au service de Bertrand.

Janvier 1917.

SEIGNEUR, DONNEZ-NOUS LA VICTOIRE

MEDITATION SUR LA PRIERE

LA MAUVAISE PRIÈRE

Et Jésus dit: « Pourquoi cette génération demande-t-elle un miracle ? je vous le dis en vérité, il ne sera point donné de miracle à cette génération. »

... Car elle a voulu que ce qui ne devait pas être fût,

Et que ce qui devait être ne fût pas.

LA BONNE PRIÈRE

Et Jésus dit : « Demandez, et il vous sera donné; cherchez, et vous trouverez; heurtez, et il vous sera ouvert; tout homme qui demande, reçoit; qui cherche, trouve; à qui heurte, il est ouvert. »

... Car vous aurez voulu que l'ordre fût établi
Sur la terre et sous le ciel.

LA PRIÈRE N° 3

La vieille dame se prosterne sur le prie-dieu.

Des marches de l'autel l'encens fume, et la sonnette tinte; l'orgue ronfle en mesure; les mains du prêtre élèvent vers la voûte le corps du Sauveur en forme de pain sans levain.

Le front de la vieille dame se cogne au bois peint du prie-dieu; l'adoration ferme ses yeux; la plume issue de son chapeau ondule.

Et tandis que ses lèvres marmonnent des mots latins, son cœur se hausse vers le Seigneur.

« Seigneur, je suis ta servante; sais-tu

« Que la voisine du rez-de-chaussée a reçu ce matin quatre sacs plombés de charbon et un cent de margottins ? envoie sur elle la fièvre.

« Sais-tu, Seigneur, qu'elle a ri, comme j'ai passé ? brise-lui ses dents dans sa bouche.

« Sais-tu, Seigneur, qu'il lui reste de l'argent, malgré la guerre, à la Caisse d'Epargne ? frappe, dans la tranchée, son fils unique. »

L'encens fume; la sonnette tinte; l'orgue ronfle.

Et moi je dis : Mieux que votre puissance, Seigneur,

Votre patience affirme que vous êtes dieu.

LA MAUVAISE PRIÈRE

Seigneur, a dit l'enfant, j'ai craché en l'air; faites que le crachat ne retombe pas sur mon nez.

Seigneur, a dit l'enfant, je me suis empli de gâteaux; faites que le ventre ne gonfle point.

Seigneur, ont dit les hommes, le champ depuis un an est en jachère; faites que la moisson y pointe drue.

Nous avons à plaisir laissé croître l'ivraie; Seigneur, faites germer l'orge et le blé.

Nous avons dilapidé le bien de nos greniers; faites qu'ils regorgent.

A qui n'a pas été à la vendange, comblez de vin doux son tonneau.

A l'ouvrier qui a dormi l'après-midi sous la tonnelle, apportez, dès le soir, le mur maçonné et la porte battante.

Le flatteur incline sa tête, et tire une révérence; il relève sa tête, et gonfle ses deux lèvres; il fait un pas, il sourit, et il dit :

« Hé ! n'avouons jamais !

« Que parlez-vous de champ en jachère ? parlez de beau désordre et d'effet de l'art.

« Ivraie, disais-tu ? mais tu ménages à ton prochain le grand bonheur de l'arracher.

« Greniers vides ? aimable désintéressement d'une belle âme.

« Pour boire au tonneau, faut-il être vigneron ?

« Et que la sieste de l'ouvrier soit sacrée aux dieux immortels ! »

Le théologien :

« Où serait la gloire de Dieu, s'il fallait, pour récolter, avoir semé ?

« Dormez, et réjouissez-vous, car la bonté de Dieu est telle

« Qu'aujourd'hui comme hier,

« O mes petits oiseaux, il vous donne la pâture. »

Et il déclame (ainsi dit le Deutéronome) :

« Tu possèderas de grandes et bonnes villes, que tu n'as point bâties,

« Des maisons pleines de tous biens, que tu n'as point emplies,

« Des citernes taillées, que tu n'as point taillées. »

De l'index droit, il indique le ciel.

Et, *a parte*, demi-tour à gauche :

« A quoi servirait un dieu,

« S'il ne sabotait la nature ? »

Telle est la mauvaise prière.

Mais nos grands-pères, les primitifs, connaissaient la bonne prière.

C'est au temps de la préhistoire; de site en site, on va, par groupes, cherchant les aliments et le gîte sûr.

L'éternelle inquiétude humaine en est à l'heure élémentaire; trouvera-t-on le gibier, le poisson, le repos nocturne ?

Des rites puissants savent contraindre le gibier, le poisson, barrer la route aux fauves; car la prière est un rite verbal qui exige

Que le gibier vienne à la chasse, le poisson à la pêche et le sommeil au gîte clos.

Des siècles passent; les nomades sont devenus sédentaires;

La plaine est labourée, la semence enfouie, et les huttes au bout du champ se sont construites

Parmi le grouillement du menu bétail où courent les enfants et des grosses bêtes qu'on commence à domestiquer.

On ne vit plus seulement de chasse et de pêche; la terre est un bon trésor dont les portes s'entrebâillent; l'ère agricole est née, mais balbutie.

Et les hommes, le soir, regardent en silence le sol, vierge hier, qu'ils ont fécondé ce matin.

L'éternelle inquiétude humaine est à sa deuxième heure.

Avril est proche; on a pioché; on a semé; on a sarclé; l'angoisse est dans les cœurs... Quelle angoisse ? parbleu, le dieu qui fait germer la semence semée va-t-il se mettre à l'œuvre ? s'il oubliait ? s'il trahissait ? si, par jeu, il se dérobait ?...

La prière des primitifs est un rite magique qui contraint le dieu à faire son ouvrage,

Comme ils ont fait leur ouvrage.

Juillet brûle; la plantation poudroie; le dieu qui détient la pluie s'est-il endormi ?

La prière des primitifs secoue le dormeur divin, et lui chante qu'il faut qu'il aille à sa besogne, comme eux-mêmes ils ont été à leur besogne.

Le primitif prie-t-il jamais pour que le blé germe sur le roc, que la fontaine monte le sentier jusqu'au village et que l'alouette tombe rôtie des nues ?

Les dieux du primitif ne contrarient pas l'ordre; ils le créent.

La prière du primitif réclame l'ordre, non le miracle.

LA MAUVAISE PRIÈRE

Le dégénéré rit de ces sauvages et de leur magie, il a de belles religions spiritualisées et de plus belles laïcités; qui penserait encore à contraindre, par des paroles, le printemps à fleurir ?

Mais le soir il regarde, à son tour, autour de lui,

Tout ainsi que les autres aux temps préhistoriques regardaient,

Un peu pâle, ainsi qu'eux, bien qu'ayant figure de sceptique,

Sous l'éternelle inquiétude humaine.

Il prend à témoin les dieux, Dieu, la justice, le destin, la fortune, les choses;

Tout comme les anciens, il les somme de lui livrer sa moisson, sa vendange et sa nuitée.

Et sa prière vous demande, ô dieux, ô justice, ô destin, ô qui que vous soyez,

Bien autre chose

Que les bons primitifs ne demandaient à leurs churinga.

Dès l'enfance, le dégénéré n'aimait guère obéir; l'indiscipline avait de l'élégance; pris en faute, il a créé l'infâme mot qui convenait à sa beauté, et c'est la Rouspétance; mais il n'a pas entendu le sens profond du mot qui convenait aux anciennes beautés, et c'est Servir; en haut, il a pratiqué l'insolence; en bas, il a pratiqué la rancune,

Et voici, ce soir, qu'il demande à cueillir la fleur qui fleurit aux vertus nietzschéennes (commander avec respect, obéir avec dignité).

Le dégénéré a soigné ses petits intérêts, et s'est jugé malin; point de responsabilité, chantait l'un; point de scrupule, fredonnait l'autre; chacun pour soi, psalmodiait le chœur,

Et voici que des quatre points cardinaux il guette le coup de vent des sacrifices collectifs.

Insouciance, incurie, étourderie, gaspillage,

Et il attend de ces vertus l'œuvre de la persévérance et des desseins longuement médités.

Plus d'enfants,

Mais des hommes en tas !

Les droits de l'individu,

Mais le salut de la société !

Le dégénéré a dit au voisinage : Imitez-moi ! à tout âge, il fut fat et il fut sot,

C'est pourquoi il prétend ce soir aux fruits mûrs de la sagesse.

Cent ans de querelles à domicile,

Et il tend ses doigts qui tremblottent vers la treille de la concorde.

Il tient sa cour parmi les plus ignares, les plus bavards, les plus flambards,

Et il lui faut le conseil et l'action.

Le dégénéré n'a pas besoin des étoiles; il goguenarde aux idéaux de l'art; il grince aux idéaux des religions,

Et voici qu'il dit à l'Esprit : Souffle pour moi !

Le dégénéré a des ressauts dans la dispute et à la guerre; il n'est lâche que face à la vérité; quand la Divine passe, il verrouille la porte et ferme les volets,

Et il rêvasse du butin des braves.

Retours sur soi, fières confessions des fautes, expiations purifiantes, ce sont délits que ses juges condamnent,

Et il prétend garder entier son héritage.

Toutes les déchéances, il les descend en une seule, tour à tour rouge hier, blême aujourd'hui et demain verdâtre, qui frappe en lui son père et le frappera pire en ses fils,

Et il se croit, l'ivrogne, un droit à vivre.

... Le dieu qui l'exaucerait, scandaliserait les Saints.

Prière au front découvert, aux yeux grands, aux lèvres pâles ! mère inlassable ! tendre obstinée !

Je sais bien que tu n'invoques jamais que toi-même, quand tu parles au ciel,

Et que tu es une volonté qui soulève doucement son voile.

Quand tu demandes la victoire, tu demandes à ton cœur la constance qui tient par la main la victoire;

Quand tu demandes la liberté, tu demandes à ton âme de s'affranchir de ses mauvais liens;

Quand tu demandes la gloire, tu demandes le grand courage qui monte jusqu'aux versants où fleurissent les edelweiss.

La prière ne demande pas des biens, mais les vertus qui sont les mères nourrices de tous les biens, et, pour les demander, il faut les avoir en commencement;

Tel celui qui se met en marche le matin vers la ville où le soir il se reposera, et qui la voit plus grande à chaque lacet du chemin,

Mais qui dès l'aube y est entré par la pensée et dans son cœur.

Se souvient-on des querelles des Jansénistes, et de ces siècles de controverse, et de l'imbroglio de la Grâce? pour l'obtenir, il fallait, disait-on, la demander; mais pour la demander, disait-on, il fallait déjà l'avoir...

Prier, c'est avoir la Grâce, puisque c'est vouloir être digne de ce que l'on demande.

Mais la vieille dame, et l'enfant malade, et le buveur d'alcool, quand ils prient, demandent des miracles.

Il ne sera pas donné de miracle à cette génération.

Mai 1917.

LES PROPOS DU BLESSÉ DE GUERRE

I

PRÉLUDE DE PARSIFAL

Après-midi d'été; sur la terrasse; le long de la longue maison blanche; et, devant soi,

Les pelouses, tout près, ondulant de bruissements,

La forêt, au loin, amie séculaire, au cœur profond, aux voix chantantes, aux cimes immuables;

Dans le ciel, l'éclat doux d'un soleil qui descend, chargé d'heures, comme un héros s'en va à son sommeil;

Et, vers les mains, les roses qui se tendent.

Le blessé de guerre est assis sur une chaise longue, face aux cimes des arbres, et face au ciel;

Tête blonde, yeux clairs, corps rigide et dont les membres sont maintenant ainsi que s'ils n'existaient plus;

Seule, la tête va et vient encore, un peu à droite, un peu à gauche, avec effort;

Et le regard encore sait rire et sait méditer.

Autour de lui, nous sommes plusieurs,

Ici, quelques barbons, amoureux de philosopher,

Là, deux adolescents, classe 1920, qui regardent devant eux en quel avenir ils vont entrer,

Et deux jeunes femmes, à demi inclinées dans le silence de la causerie.

Les roses, au bord de la terrasse, offrent leur vie par bouffées;

Les grillons crissent dans les pelouses;

On ne sait si la forêt sommeille ou pense;

La température est à ce point précis où nul ne sent de borne entre les choses et soi,

Où rien ne réagit,

Où tout est communion,

Où chacun se retrouve partie du même tout;

On devine seulement que le jour baisse et que le soir monte;

L'on jouit du jour, ainsi que d'une grappe dont on détache les derniers raisins;

L'on attend le soir, ainsi qu'une corbeille où l'on prendra un fruit nouveau.

Les deux jeunes femmes s'approchèrent du blessé

de guerre... Etes-vous bien ?... Avez-vous besoin de quelque chose ?... Désirez-vous quelque chose ?

Le blessé de guerre ferma ses yeux; il y eut un silence; puis il parla.

« Oui, je désire quelque chose;
« Ce jour d'été, le ciel, la forêt, ce paradis
« Tiède, où mon esprit se promène,
« Ce n'est pas assez de récompense, mes amis,
« Pour l'épreuve d'hier, pour l'épreuve de demain.»

Souriant, car on peut sourire entre un cauchemar fini et un cauchemar qui commence, il nous disait :

« Pour l'enfer des tranchées,

« Et pour l'horreur de deux années parmi les corps humains déchiquetés par la mitraille,

« Et pour ces jambes et ces bras d'infirme,

« Et pour les jours qui vont, l'un après l'autre, passer le long de cette chaise longue,

« Ainsi que passe un troupeau de moutons, l'un poussant l'autre, le long d'une ruine,

« Il me faut une autre récompense. »

Il riait presque, et nous avions nos fronts penchés, les barbons, les adolescents et les jeunes femmes,

Vers le rieur,

Et vers cette infortune qui jouait à nous ouvrir ainsi et peu à peu son cœur.

« Eh ! les aînés, dont la sagesse est grande, et vous, les jeunes, qui aurez votre tour,

« Cherchez voir

« A quoi rêve l'outrecuidance de ceux dont la patrie a pris un peu plus que la vie,

« Et dont vous faites des héros, quand ils sont de très pauvres enfants qui réclament un hochet...

« Vous ne savez pas ?... mais celles-ci ont deviné. »

Les yeux des deux jeunes femmes s'étaient enfouis dans son regard;

Toutes deux sourirent, ayant compris;

Et, aussitôt, leurs visages devinrent graves.

Par la porte-fenêtre, les deux jeunes femmes rentraient silencieusement dans le petit salon meublé de fleurs et de tapis;

Et la maison unissait là, comme on prend par les mains deux époux, la paix de l'intérieur quasi obscur et la joie du jardin luxuriant;

Nos yeux allaient de lui à elles;

Il nous disait : « ... La dernière exigence du blessé de guerre... »

L'une des deux jeunes femmes était grande et mince et blonde; et elle était un lac dans un crépuscule;

Elle s'assit devant le long piano à queue ouvert;

L'autre, beauté tragique, hier sourire, demain prière, était une harmonieuse flamme sombre;

Elle s'accouda, face au blessé de guerre, et dans rien que le regard de ses yeux pathétiques s'évoquait une danse religieuse.

Les doigts de l'autre touchèrent le clavier.

Grave, lente, une note résonna.

Du ton d'un enfant que l'on contente, le blessé de guerre marmonna : — « La France me doit bien cela. »

Une seconde, une troisième note, une quatrième...

Et de la profondeur béante du piano montait l'âme de Parsifal.

Juillet 1917.

II

J'AI CONNU UN BRUN PETIT GARÇON

Dix millions de tués; vingt millions d'éclopés; combien de ruines ! combien de voiles noirs autour des fronts et des cœurs !

Les trois vieux chiens de Iahveh se sont réveillés; ils aboient; et ce sont l'épée, la famine et la peste.

Ce que je suis, l'Europe l'est, un corps vivant aux bras brisés, aux jambes désormais inertes, la poitrine empoisonnée de gaz.

Vous n'avez point voulu cela, dites-vous?...

(C'est aux Allemands que je parle, bien entendu !)

Vos diplomates l'ont-ils voulu, chamarrés de croix,

Tandis que, bedonnants, coq-à-l'ânisants, ils distribuaient les territoires, comme deux avoués licitent une succession ?

Et vos feld-maréchaux, ardents à mettre en fête les 420 ?

Vos financiers,

Vos boutiquiers nés repus, vos usiniers nés affamés,

Vos capitaines négriers,

Vos politiciens fleuris de belles filles, comme à la boutonnière on porte un gardénia,

Et l'essaim bourdonnant des journalistes bourrés de truffes, de chèques et d'alcool,

Et vos multimillionnaires, humant l'air, depuis quarante ans, l'œil vers l'est, l'ouïe frémissante ?

N'ont-ils pas, ceux-là, voulu cela ?

Et le grand chef, n'a-t-il pas, lui, voulu cela ?...

Mais vous dites, vous, pauvres gens, que vous, vous ne vouliez pas;

Ils étaient bien pourtant, ceux-là, les favoris de votre élection,

Et vous les estimiez si jolis, si excitants, si odorants !

Vous avez voté leurs budgets, ordinaires et pas ordinaires;

Des milliers d'entre vous mangeaient, chaque jour, à leurs usines à canons, à leurs chantiers à cuirassés;

Vous vous gaussiez des pacifiques;

Vous crachiez, superbes, à votre droite, si quelqu'un nommait Tolstoï,

Et pour les consciencious objectors on dessinait des plans de prisons modernes;

Vous alliez aux revues en chantant des Père la Victoire;

Et vos prêtres citaient saint Luc : Seigneur (verset 38 du chapitre 22), Seigneur, voici deux épées.

Vous n'avez pas voulu cela, braves gens de Thuringe et d'ailleurs; mais il me semble que vous avez approuvé ?

Le chien épée vous déchire; le chien famine vous dessèche; le chien peste gronde à la porte.

Vous n'avez pas voulu cela; mais vous avez approuvé, et d'un cœur pas mal enthousiaste,

S'il me souvient

Des bouquets fichés aux fusils du départ

Et des chansons dans les wagons en route pour la bataille.

Vous avez accepté de mourir en disant oui; vous avez refusé de mourir en disant non.

Folie du premier soir ? soit ! résistez-vous mieux à présent ?

Ces beaux messieurs du G. Q. G. vous organisent, sous le ciel flambant d'été, les pieds gelés du prochain hiver,

Ainsi qu'un magasin de nouveautés organise dès juillet les occasions de fin d'année;

Vous, je vous vois

Hagards, mais l'échine courbée,

Grognant un peu, obéissant beaucoup.

La gent politique sourit;

Les feld-maréchaux paraphent un : Très bien !

Les financiers, les usiniers, les boutiquiers, tous les négriers crient : Hardi !

Les journalistes chevauchent de pieuses lyres;

Et les munitionnaires s'exclament : Braves enfants!

Vous n'avez pas voulu cela; mais vous avez approuvé diablement.

Vous avez accepté la cause; refusez-vous d'accepter l'effet ?

Or, la justice,

C'est l'effet qui suit la cause.

J'ai connu un brun petit garçon aux yeux humides,

Un brun petit garçon au cœur candidement ardent à vivre.

Petit voyageur d'aube qui part en gambadant vers le plein soleil de midi et la sérénité du soir,

Frais torrent en route, parmi les cascades, vers les fleuves et vers la mer,

Clair navire sonnant de chansons, qui lève l'ancre et tend les voiles.

Le moindre chagrin était des larmes, la moindre joie était des rires.

Tant l'avenir en cette jeune âme était bénédiction;

J'ai vu l'enfant qui grandissait,

Renouveau des renouvellements,

Lumière qui réconcilie la vieillesse avec le monde,

La plus sacrée des choses les plus sacrées, le tendre cœur d'un bel enfant qui veut vivre !

Oh ! ce ne fut pas un fait de cette guerre;

Ce fut l'une de ces maladies soudaines, comme on en voit en tous temps, en tous lieux;

Ce fut l'une de ces survenances sinistres,

Comme un coup qui tout à coup

Toc toc, heurte aux volets,

Le soir, pendant qu'on est assis tranquille, à la veillée et ne pensant à rien...

Qu'est-ce là ? vite, le médecin ! il est trop tard; deux heures du matin sonnent; le souffle se ralentit;

Au-dessus du lit les deux bras d'une mère éperdue vacillent,

Et les grands yeux humides restent béants.

Pour cette petite mort, je me lèverai vers Dieu et je dirai : J'accuse !

Je n'accuserai pas Dieu pour mes blessures, ni pour vos dix millions de tués, ni pour vos ruines.

Vos dix millions de tués n'ont pas voulu, soit ! la guerre qui les a tués;

Qu'ils dorment, victimes misérables de leur acquiescement !

Cette petite mort est le crime de Dieu; vos dix millions de morts sont l'effet qui suit la cause.

Août 1917.

UN SOIR AU LOIN

LA LÉGENDE DE SAINTE ISTAR ET DES SEPT DÉMONS

Mimodrame
sur les variations symphoniques de Vincent d'Indy

Vers le pays immuable,
Istar, fille de Sin, a dirigé ses pas,
vers la demeure des morts,
vers la demeure aux sept portes où il est entré,
vers la demeure d'où l'on ne revient pas.

A la première porte, le gardien l'a dépouillée,
il a enlevé la haute tiare de sa tête.
A la deuxième porte le gardien l'a dépouillée,
il a enlevé les pendants de ses oreilles.
A la troisième porte, le gardien l'a dépouillée,
il a enlevé les pierres qui ornent son cou.
A la quatrième porte, le gardien l'a dépouillée,
il a enlevé les joyaux qui ornent son sein.
A la cinquième porte, le gardien l'a dépouillée,
il a enlevé la ceinture qui entoure sa taille.
A la sixième porte, le gardien l'a dépouillée,
il a enlevé les anneaux de ses pieds, les anneaux de ses mains.

A la septième porte, le gardien l'a dépouillée,
il a enlevé le voile qui couvre son corps.

Epopée d'Izdubar

PROLOGUE

Quelque part dans la Syrie hellénisée des premiers temps du christianisme.

Soleil couchant.

Istar et ses sept suivantes sont agenouillées, immobiles, dans l'attitude du plus grand deuil; longs voiles.

Derrière elles, le Berger est debout.

LE BERGER

Le soleil trois fois est entré dans la mer et s'en est revenu;

Déjà son flamboiement une troisième fois empourpre l'occident;

Et tes yeux ne se sont pas arrêtés de pleurer, ni ta bouche de gémir,

Et le sombre voile n'a pas quitté ton front,

Parce que l'homme que tu aimais, Istar, s'en est allé au gouffre noir.

Il était ta joie présente et ton rêve futur;

En lui tes jours l'un à l'autre se souriaient;

Et la route semblait plantée d'un double rang d'arbres en fleurs, que mollement tu gravissais à ses côtés.

Jusqu'au pays inférieur et la pénombre il est parti;

Il a passé la porte qui s'ouvre et ne se rouvre pas;

Il est entré dans la maison où l'on s'assied à tout jamais.

Toi, tu ne veux rien que le suivre, afin de le rejoindre;

Tu ne veux rien que le rejoindre, afin de l'embrasser;

Tu ne veux rien que l'embrasser, d'un embrassement qui ne s'achève pas.

J'ai entendu, le premier jour, ta prière qui vagissait, comme une source, dans le sable aride de tes larmes;

Le second jour, c'était une rivière, à travers la dévastation de ton cœur;

C'est une mer, aujourd'hui, qui clame, dans le silence de ta douleur;

Et me voici, moi, le berger des âmes, qui viens à toi, la main dressée.

Suis-le ! mais suis la route qu'il a suivie !
Descends, derrière lui, et pas à pas,
Dans l'ombre et dans la vision,
Jusqu'à la porte et le mystère où il t'attend.

Suis-le ! mais libère-toi, comme il est libéré !

L'époux, à cette heure, est libéré; que l'épouse, comme lui, se libère

Des démons qui tous deux vous tenaient asservis.

Car cette porte, sache que nul ne la franchit,

S'il n'a dépouillé la guirlande et la parure et le manteau et la ceinture.

Là-bas, les vêtements de la terre sont poussière dans le silence;

Là-bas, aucun démon ne hante plus;

Là-bas, il n'est plus de soleil mortel;

Toute chose n'est plus, là-bas, que crépuscule des floraisons, nuit du sourire, ténèbre du désir, abîme de l'orgueil,

Et lumière de pur amour.

Istar se redresse, et elle se met en marche avec ses sept suivantes. Nuit noire. La musique commence, et, en même temps, le vieux drame babylonien christianisé.

Septembre 1917.
Représenté, le même automne,
à la Comédie de Genève.

LA PRIÈRE DE MINUIT

Le jour a terminé son cycle;

L'aube est un souvenir qui rit; midi, un rouge souvenir; le soir, un souvenir qui songe.

Minuit est l'heure de la ténèbre;

La prière de minuit est la prière de la ténèbre.

La prière de minuit est la prière de l'hiver;

Le printemps a donné des bourgeons, l'été des fleurs, l'automne sa cueillette;

La prière de minuit est la prière des frimas.

La prière de minuit est la prière des cheveux blancs;

Les cheveux d'aurore, les cheveux d'or, les grisonnants cheveux ont laissé leurs reflets à chaque halte des années,

Comme un manteau à qui chaque saison emporte un peu du chatoiement de ses couleurs.

Jeunes poètes, amis connus et inconnus qu'ici voici venus pour m'écouter,

Cœurs frais encore de leur avril,
De quoi vouliez-vous qu'il vous parle,
Le poète en cheveux blancs ?
Eh bien, je parlerai des dieux;
Je parlerai d'un dieu dont je sais la légende entre beaucoup de dieux;
C'est le seigneur Iahveh, dieu d'Israël.

De quoi, jeunes poètes, vouliez-vous qu'il vous parle,
Le poète en cheveux blancs
Qui est venu vers vous les mains tendues ?
Eh bien, je parlerai des hommes, et je dirai
Quel matin, quel midi et quel soir j'ai vu passer, l'un après l'autre,
Comme trois visiteurs qui entrent, l'un après l'autre, dans le logis et s'éloignent dans le jardin.

Iahveh, dieu d'Israël, permets que le poète, au terme de sa vie, reconnaisse sa vie
Dans la vie qui fut ta vie !

Ce fut d'abord le temps où les tribus arrivaient du désert,
Plantaient la borne,

Et bâtissaient la hutte et le rempart.
Finies, les courses hâves dans le sable, et la peur des soirs sans fontaines;
Voici que le pays ruisselant de lait et de miel offre son oasis perpétuel,
Comme une épouse offre son sein au voyageur.
Iahveh est un taureau juvénile et qui demain sera pubère;
D'un bout du champ à l'autre bout, il bondit et renifle et mugit,
Tandis que les vieillards sourient et se touchent entre eux le coude.
Iahveh est un lionceau qui s'élance hors du fourré,
Et joue à faire peur, à se cacher, à apparaître.
Iahveh est un bélier, un bouquetin, un chevrelet;
Il fouille de sa double corne et lance en l'air la motte herbue,
Et s'arrête et regarde et sursaute.
...Enfance, ô pétulance, innocence, insouciance, ô jeux énormes !
L'enfant est roi du monde, étant roi dans sa métairie;
L'enfant est éternel, ayant les heures à venir devant ses yeux;
Ainsi que le soleil, quand il ouvre les portes du ciel,
Il éclate de rire,

En ouvrant la porte des jours.

Du fond de la ténèbre et du frimas et de la neige,
Le poète songe aux ébats des premiers jours.

Des siècles ont passé.

Iahveh, dieu d'Israël, s'est vêtu d'une semblance d'homme;

Il est un beau guerrier à la main forte, au bras tendu;

Son cœur est amoureux des filles de la Palestine.

L'une avait nom Ohola;

Elle était une noire fille, et sa naissance était d'une étrangère, son père étant Amoréen et sa mère Hétéenne;

Et Iahveh l'oignit d'huile, la vêtit de broderie, la chaussa de blaireau, la ceignit de lin fin, et la voila de soie;

Il encercla de bracelets ses poignets, de colliers sa gorge, de pendants ses oreilles, et d'anneaux sa narine.

Et il la nourrissait de farine et de miel, en sorte qu'elle était parfaite.

Or, voici l'éternelle aventure, l'éternelle aventure amoureuse;

Oui, voici l'aventure éternelle des amours, des trahisons, des jalousies, des vengeances et des pardons délicieux.

Ohola s'est amourachée du manteau pourpre d'Assour, et lui livre ses seins pour qu'il les froisse entre ses mains.

Ainsi fait Ohola; Oholiba, sa sœur, fait-elle mieux ?

Nenni ! le Chaldéen était venu, ceinturé de vermillon, coiffé de mitre flottante,

Par quelque soir de clair de lune, je suppose.

C'est pourquoi le seigneur Iahveh, dieu des armées, s'écrie, et il frappe du pied, et il lève le poing.

Oh ! le beau jeu des amours divines ! ne tremblez pas; car tout à coup

Le dieu s'est repenti de sa colère;

Entre le figuier et la vigne, voici, on entend à nouveau

Le bruit de l'allégresse et le bruit des louanges,

Et les voix de l'épouse et de l'époux.

...O ma chaude jeunesse! ô mes vingt ans!

Dieu amoureux ! dieu jaloux ! dieu effréné !

Oh ! comme nous l'avons vécue, ô mon dieu, toi et moi,

La vieille histoire amoureuse !

Du fond de la nuit et de l'hiver et du silence
Le poète songe au midi de sa vie.

Des siècles ont passé ;

Iahveh, dieu d'Israël, a saisi dans sa puissante chevelure un rais d'argent;

Il est un roi sévère;

Le char aux quatre Kéroubim et aux quatre Ophanim demeure à la remise; des messagers portent les ordres; Iahveh est désormais un dieu qu'on ne voit plus;

L'odeur des sacrifices n'arrive plus friande à sa narine;

Il regarde le monde, et s'interroge si son œuvre

Est bonne autant qu'il l'avait dit.

Il dit : Le poids de cette tiare me fatigue; soit ! je déléguerai mon fils.

Le dieu abdique; que le fils règne ! c'est son tour.

Le père au fond béant du ciel s'éloigne,

Ainsi qu'un vendangeur dont la vendange est achevée, les mains pleines de grappes,

Et ces grappes sont les souvenirs.

Noble maturité des cheveux gris ! automne ! soir de dieu !

Maintenant, vieux est le dieu; vieille est l'année; vieux est le jour.

Le dieu en cheveux blancs est solitaire.

Sait-il encore sourire ? on dit que non; moi, je sais qu'il sourit; car il voit en son cœur

L'enfant, jeune taureau, lionceau folâtre, bouquetin,
Et le guerrier lascif et coléreux,
Et le monarque grave, avec un rais d'argent près de la tempe;
Mais, s'il sourit, il sourit rêveusement,
Ainsi qu'un pèlerin qui a gravi le col, et dont les pieds sont las, et le cœur bon encore,
Et qui derrière lui regarde les lacets du sentier, l'éboulis et le lac
Et l'ombre que font en bas les filles dans la fontaine.

ENVOI

Iahveh, dieu primitif, ô mon enfance,
Dieu des prairies cananéennes !
Iahveh, dieu fort, ô ma jeunesse,
Dieu des prophètes et des amants !
Iahveh, dieu grave, ô ma grise maturité,
Dieu de la cime et de la rêverie !
Ainsi je prie
Avec adoration, amour, émerveillement et complaisance.

O jeunes poètes, amis connus et inconnus qui m'écoutez,

Ayez vos yeux sur vous-mêmes et vers les dieux,

Et puissiez-vous, lorsque le jour sera venu pour vous des cheveux blancs,

Entre vos mains et dans vos cœurs trouver présent le dieu

De vos printemps, de vos étés, de vos automnes,

Comme un bouquet de fleurs aromatiques qu'une amie souriante aurait laissé, en s'en allant, contre la porte.

Octobre 1917.

1918

AU FORT DE LA MÊLÉE

I

IL PRIMO CERCHIO DELL' INFERNO

La bataille a repris, plus atroce qu'aux premiers mois; les hommes tombent par milliers; de nouveau, les pays sont saccagés; et, dans les villes, des enfants sont massacrés.

Que ne puis-je en ce même moment, comme l'exorciste qui jadis libérait de leur démon les âmes, exorciser aujourd'hui dans les âmes la haine !

Ici et là, j'ai vu bien des soldats, retour du front; de ceux-là, aucun ne haïssait; ils se battent; mais ils ne haïssent pas.

Ils avaient de la pitié; ils avaient aussi l'estime; ils se battent; mais ils ne méprisent pas.

Parisien fidèle à ma cité, je vois ceux qui haïssent, et ce sont des bourgeois de l'arrière;

Et quand je les écoute, j'entends, après bien des

vaines paroles, qu'on me parle des valeurs qui baissent, des impôts qui doublent, de la viande qui enchérit.

Voilà ! quand l'ennemi menace votre vie, on ne hait pas ; quand l'ennemi vous menace les revenus ou le confort ou le joujou, on hait.

Je dis ce que je vois; je ne vois que mon petit coin; peut-être en d'autres régiments est-on féroce; peut-être en l'autre arrondissement a-t-on moindre souci de l'argent; je dis ce que je vois.

Je suis un vieil historien, familier des époques lointaines, des demi-civilisés, des primitifs, des Aruntas totémistes.

Ceux-là haïssent l'ennemi; ils expriment très concrètement leurs haines; et ils pratiquent l'art de les perpétuer.

Ils parlent aussi bien (sauf l'accent) que ces messieurs et dames de la Ligue Souvenez-Vous;

Mais ils sont moins forts en tant que danse du scalp.

Je suis un quelconque poète, dont les années ont fait une sorte de philosophe; dans une œuvre je regarde le monde; quand j'articule certains noms, je vois les hommes.

Je cite du Wagner; Alberich et Mime haïssent;

mais Siegfried ne hait pas, et pourtant il se bat, chers messieurs du Souvenez-Vous, et mieux qu'honnêtement.

Je cite du Corneille; lequel hait, parmi ces héros ?

Mais les traîtres haïssent.

Au fort le plus affreux de la mêlée, je crie :

La haine ? — Moins que jamais !

Songez que vous êtes des hommes, et que la terre et le ciel sont pleins de dieux.

Quelqu'un, il y a dix-neuf siècles, a dit, et Tolstoï a dit : Aimez vos ennemis.

Morale pour une société d'ascètes, riposte l'exégèse, et que l'humaine Eglise née de l'Evangile pouvait avec peine observer.

Mais la sagesse antique a dit, et la sagesse de Zarathoustra a dit : Honorez votre ennemi.

Mais déjà le grand Social dit (et sa voix monte de la terre) : L'ennemi ? Qu'est-ce que cette minute dans mon heure ?

Pas de haine !
Au nom du soir qui gagne,
Sinon au nom de votre cœur !

Pas de haine ? — Si ! Haïssez cet ennemi, la haine.

Vous haïssez le crime ?... Vous haïssez les criminels ?... J'entends; vous êtes sans péché...

J'ai déjà ouï le couplet dans saint Luc... Seigneur, je te rends grâce de ce que je ne suis pas comme ce publicain...

J'aimerais mieux ouïr, dans la tourmente, le petit couplet du publicain.

Quand vous aurez vaincu, en vos âmes, la folie monétaire et la dureté et la peur (cela, notre égoïsme), c'est une jolie victoire qui vous fera les yeux doux.

La haine, fille de la vilenie, est sœur de la tremblotte et mère de la débâcle... Fuyez ces parentés, même métaphoriques.

Les yeux au ciel, et fixe !

Et que ceux qui ne se battent pas, aillent, avant que de haïr, voir par eux-mêmes dans la tranchée

S'ils n'y rencontreraient pas l'estime de l'ennemi, et le respect de l'ennemi, et la pitié aussi,

Et une muette confraternité dans la souffrance et l'endurance.

Vendredi 19 avril 1918, à Paris,
jour de bombardement.

II

IL SECONDO CERCHIO DELL' INFERNO

Dans le premier cercle de l'enfer était la haine; mais il est un second cercle de l'enfer.

Trognes sauvages, hurlant à l'ennemi; c'était ceux du premier cercle;

Et cela se pardonne peut-être; car tel est l'homme chez les demi-civilisés et les préhistoriques;

Car beaucoup ont eu leurs enfants tués, ou leurs maisons brûlées, ou leurs petites rentes bousculées;

Car si grande est quelquefois la colère, ou la douleur, que l'on revient à l'âge des cavernes.

Mais dans le second cercle de l'enfer on voit des messieurs policés, et des dames bien élevées,

Et qui discourent, et qui écrivent, et qui prient :

O Dieu, je te rends grâce de ce que je suis tout honneur, et que les autres sont toute honte.

Ainsi parlait à peu près Luc, chapitre XVIII, verset onze.

Dans le second cercle de l'enfer on est sans faute; on regarde le ciel en face;

Les mains sont pures; les cœurs sont clairs;

Pas même le péché véniel que les grands saints commettent sept fois, dit-on, par jour.

O Dieu, je te rends grâce de ce que je suis tout honneur, et que les autres sont toute honte.

Dans le premier cercle de l'enfer on est mauvais; on est inique; car on souffre.

Ici, l'on juge en équité et en droit; en équité et en droit tout à la fois; aussi l'on juge ainsi qu'il suit :

Moi, agneau; eux, des loups;

Moi, candeur; moi, bonté; moi, un défaut pourtant, trop de générosité;

Eux, la face de la bestialité.

O Dieu, je te rends grâce de ce que je suis tout honneur.

Dans le premier cercle de l'enfer, les mains se tordent, les yeux sont rouges, les hyènes du désespoir grognent.

Ici, l'on est tranquille, ayant une âme pure.

O Dieu, je te rends grâce, disent-ils...

Moi, je l'ai dit, je me répète, et je le dis,

J'aimerais mieux ouïr, dans la tourmente, le petit couplet du publicain;

Et que l'on dise : J'ai péché; et qu'ainsi l'on devienne meilleur.

Sainte confession, amie voilée qui nous prend par la main et nous ramène vers nous-mêmes !

Contrition, seconde amie, mais au front découvert et baissé, qui, de son doigt tendu, nous montre notre cœur !

Pénitence, troisième sainte amie, mais au front découvert, mais au front relevé, dont l'œil fait signe à l'espérance;

O trois amies qui sont debout, l'une derrière l'autre, de marche en marche;

Et c'est le seuil de la plus belle porte qui est derrière vous.

Salut à qui se juge comme juge un juge sévère, et se voit face à face, et ne se pardonne point;

Salut à qui a cette force, se savoir coupable; cette vertu, l'avouer; cette grâce, la volonté d'être meilleur;

Car ses deux pieds ont fait, dans l'ombre, un petit pas vers son dieu.

Les autres sont toute honte, et tout crime, et toute ordure, dites-vous ?...

Ainsi parle Gavroche :
« Vous n' vous êt's donc pas r'gardés ? »

O Dieu, je te rends grâce, disent-ils;
Et ils préparent de petits pièges scélérats;
Les uns mentent, et les autres renient;
Les uns se vendent, et les autres dénoncent;
Ils insultent, avec des airs pudiques;
Ils crient à la mort, et s'emplissent le ventre;
Ouah ! ouah ! on jappe, et vite, vite, on détale;
On s'enrichit aussi; comment donc? on fornique entre temps.

Là-haut, cependant, les jeunes hommes perdent leur sang; les vieux sont brûlés vifs; les mères sont devenues folles.

O Dieu, je te rends grâce...

Nous sommes la vertu, tontaine !
Et l'honneur, tontaine, tonton !
Et le droit, tralala !
Et la vérité, larirette, lariré !

Oh! que n'ai-je,
Que n'ai-je le talent
Qui fait monter les mots du dedans de la terre,

Et qui fait que l'on voit, et qu'on touche, et que l'on pleure.

Que n'ai-je, hélas,
Un petit brin du talent qui fait monter du dedans de la terre les mots,
Et qui fait qu'on écoute, et qu'on a les yeux fixes, et qu'on est pâle.

Que n'ai-je, hélas, hélas, les mots, fils des dieux, qu'il faudrait
Pour dire mon horreur
Et me coucher, après, l'âme rassasiée, dans ma tombe.

Octobre 1918.

III

LE JOUR OU L'ON ESPÉRA

Le Juste vient.

Le Juste sait qu'il était nécessaire qu'il vienne; et il sait qu'on l'attend parfaitement bien.

Le Juste sait que l'on tient prêts, dès le quai de débarquement, le hosannah et le manteau de pourpre,

Et qu'on tient prêt le Golgotha, s'il trébuche en son chemin.

Le Juste vient, comme on entrait, il y a dix-huit siècles, dans l'arène du Cirque Maxime;

Mais, grâces à son peuple, il a dans sa poche un fouet.

Le Juste vient, comme on voudrait entrer dans la cage aux chacals,

Si un petit enfant est tombé dans la cage aux chacals.

Le Juste vient, comme Orphée est entré en l'horreur grimaçante des enfers;

Car il s'agit de toi, Eurydice de la véridique paix !

Le Juste vient, comme certains (au cinéma) savent entrer dans la caverne des voleurs;

Et ce sera eux qui sortiront, bouches bâillonnées, les mains vides de leur butin;

Ou bien ce sera lui qu'on sortira, en façon de charogne, à la nuit, la gorge ouverte.

Mais que, ceci encore, vous le sachiez, ô Juste !

C'est que beaucoup d'âmes vous accompagnent.

Les prières accompagnaient ainsi dans l'arène le Confesseur;

Et la voix des prières montait et montait vers en haut;

Et le grincement sournois des bourreaux s'enfonçait et s'enfonçait dans la terre.

Décembre 1918.

JE NE SUIS POINT UN PACIFISTE

Je ne suis point de ceux qui s'étonnent que les grands peuples s'entre-tuent,

Comme autrefois les clans et les tribus s'entre-tuaient,

Puis les cités autour des acropoles, puis les nations autour des oriflammes féodales.

Je suis de ceux qui disent : On a toujours vu ça ; on verra toujours ça.

Je ne suis point de ceux qui se désespèrent des flaques de sang et des toits écroulés.

Je suis de ceux qui disent : Qui peut fréner une avalanche ?

Je ne suis point de ceux qui le soir songent à se jeter, les bras ouverts, entre les combattants.

Je suis de ceux qui disent : Un destin souverain donne les ordres.

Je ne suis point de ceux qui construisent des sociétés de nations fraternelles.

Je suis de ceux qui disent : Dans les sociétés de nations fraternelles je vois naître là-bas Abel; je vois, naître là-bas Caïn.

Je suis de ceux qui maudissent pour la mauvaise guerre,

Et qui bénissent pour la bonne guerre.

Car les morts de la mauvaise guerre sont une pourriture dans le vent;

Mais les charniers de la bonne guerre exorcisent, dit-on, les larmes des survivants.

Je ne veux rien connaître, dans l'histoire des hommes, que le pourquoi et le comment.

Pourquoi, depuis les temps, se battent-ils, les hommes?

Si c'est pour s'enrichir, je dis : Voleurs assassins !

Si c'est pour qu'autrui s'enrichisse, je dis : Gueux misérables !

Si c'est pour asservir meilleurs que soi, je dis : Fils de Satan !

Est-ce pour se défendre ? Je dis : Attaquez vite !

S'agit-il de protéger un idéal, deux idéaux, trois idéaux ? Je crie : Hardi !

Etes-vous les rouges témoins d'un évangile en gésine ? Haut les glaives !

Portez-vous aux autres hommes, dans vos gaz asphyxiants, un dieu nouveau ? Ce dieu soit avec vous !

Eh! bien, pourquoi se battent-ils ici?

Pour le droit? Marchez, soldats du droit!

Pour l'affranchissement des autres hommes? Que bénies soient dans vos mains vos grenades!

Pour le bon devenir de vos enfants? Vos enfants. cœurs étreints, paupières mouillées, rediront la chanson fidèle :

Ils ont passé là, grand'mère...

Grand'mère, ils ont passé là...

Parce que vous serez morts, non pas pour Memmon, mais pour Dieu.

Jadis, au bord du fleuve, au pied des sept collines. il fut un petit peuple;

De l'ouest à l'est et du sud au septentrion

Il distribua ce présent divin, jus humanum,

Par le fer et le feu

Et par le jeu des plus pures vertus civiques.

Gloire à ses mille ans de guerre!

De l'autre côté de la mer, il fut une cité de marchands aux mitres multicolores, aux yeux bridés,

Avides des trésors de l'univers,

Et qui payaient des mercenaires.

Le nom de Carthage n'est-il pas diffamation parmi les hommes?

La guerre, soit! Le comment, avec le pourquoi, seul m'angoisse au long de l'histoire.

Car la bonne guerre est la guerre unanime.

Rome toute voulait la guerre, quand Rome partait en guerre.

Qui refusa de prendre son billet pour le Rhin, pour l'Egypte, pour Marengo,

D'entre nos grands-pères les Sans-Culottes?

Le peuple est-il un troupeau que le berger mène au fouet et à la mitrailleuse? Bon! exécrez la guerre.

Le peuple est-il un vol de printaniers oiseaux qui s'élancent avec des cris vers le soleil? Bon! glorifiez la guerre.

Eh! bien, voyez. Ment-on ici? Rend-on justice à l'ennemi? Est-on toujours le peuple chevaleresque? A-t-on le pas calme des forts?

C'est un criterium.

Ceux de la tranchée et ceux du gîte ont-ils une même âme?

C'est un criterium.

Commande-t-on avec respect? Obéit-on avec dignité? Le chef est-il un bon héros dont on est fier? Le fantassin est-il l'enfant gâté que choie le chef? Derrière, a-t-on la gratitude? A-t-on l'amour?

L'ordre tient-il, sereinement, ainsi que sur un beau visage?

En est-ce fait de la bombance? Ménage-t-on le bien public? A-t-on puni, s'il s'est trouvé, le mauvais citoyen? Chacun prend-il sa responsabilité?

Voit-on le grand effort? Les fronts ont-ils pâli?

Et les femmes,

Savent-elles qu'on est en guerre?

C'est un criterium; c'est un criterium.

Je ne vois plus dès lors la guerre de Carthage; je vois la guerre pieuse de Rome;

La fatalité inévitable de la guerre se purifie;

La pluie de feu, la pluie de sang qui déferle depuis trois années est sainte

Autant que furent saintes

Les trois gouttes de sang et d'eau qui tombèrent, au coup de lance, de la croix du crucifié.

Est-ce assez dit ainsi? puisque la cause est bonne, puisque les cœurs sont bons,

Et que chacun dit oui, et qu'on s'aime, et que nous nous battons pour le vrai, le beau et le bien,

All right!

Acceptons, non sans angoisse, mais acceptons,

Acceptons que les choses soient, qui doivent être,

Comme acceptait le Patriarche,

Quand il menait, d'un pied solide, bien qu'avec un râle en la gorge,

Son premier né vers l'abattoir agreste où l'attendait

Le Baal, saoul de graisse et de fumée, qui dispensait

Les nombreuses portées de menu et de gros bétail

Et les cadets pour gambader rieurs

Autour du berceau vide de l'aîné.

Dans la guerre du droit et de l'idée et de la blanche vérité et du renouveau

Où tous les cœurs consentent, où toutes les mains s'étreignent,

Comment serais-je,

Comment serais-je un pacifiste?

Mai 1918.

1919

IL EST RÉCONFORTANT D'ÊTRE D'ACCORD

« Ceux qui portent la responsabilité de
« cette guerre et des atrocités commises
« doivent être rendus responsables. Plus
« haut placés ils sont, plus il est nécessaire
« qu'on leur inflige un châtiment. Plus
« grand est leur pouvoir, plus grande est
« leur influence, plus grande est leur res-
« ponsabilité. Sans eux, il n'y aurait pas
« eu la guerre et vous devez libeller votre
« jugement de façon que les rois, empe-
« reurs, princes héritiers ou dirigeants,
« quels qu'ils soient, sachent que s'ils
« déchaînent sur la terre une calamité de
« ce genre, la punition tombera inévitable-
« ment sur leurs têtes. (Acclamations.) »

Les Journaux.

Le châtiment, dit-on, est un exemple;

On dit aussi qu'il est un amendement;

(Exemple pour les uns, amendement pour les autres, bien entendu.)

Non, le châtiment est la vindicte du social;

Le châtiment est, chez les primitifs, l'acte de magie par qui le crime est effacé;

Il est, chez les civilisés (nous sommes les civilisés), un acte de raison

Par qui l'ordre est rétabli dans le social;

Telle, sans doute, une épouse trompée restaure, en trompant à son tour, la pieuse beauté de l'équilibre conjugal.

... J'entends; tout cela ne plaît guère aux cœurs entachés d'anarchie?...

Dura lex; sed lex.

D'accord donc, messieurs, qu'il faut un châtiment.

D'accord, aussi, qu'il doit toucher tous les coupables, ou aucun;

Sans quoi, il ne serait que frénésie de tyran colérique ou Jacquerie.

D'accord, aussi, qu'il doit aller jusqu'aux plus grands;

Sans quoi, il ne serait que bouffonnerie de tortionnaire.

C'est une joie, messieurs, que d'être si bellement d'accord;

C'est la première fois, je pense?

Il n'en est que plus agréable.

Vous exigez que soient frappés les coupables, tous les coupables,

Les coupables, quels qu'ils soient,

Les coupables sans exception; telle est, n'est-ce pas, la formule?

C'est-à-dire (chapitre des responsabilités de la guerre)

Quiconque a voulu ouvertement la guerre,

Ou bien qui l'a manigancée secrètement,

Ou bien qui l'a rendue inévitable,

Ou bien qui avait dit : Et après tout?...

Et puis (chapitre des atrocités)

Quiconque, sans nécessité militaire (vénérons les nécessités militaires), a détruit, brûlé, saccagé,

Tué hors la bataille, ou torturé,

Volé, pillé, menti,

Quiconque a été loup, ou chacal, ou vampire...

Les coupables, tous les coupables!

D'accord!

Comme on se sent heureux d'être d'accord!

Bien que ce soit quelque peu sur le tard.

Je sais bien que le vieux professeur (je parle de moi-même, excusez-moi) pourrait chicaner sur l'une de vos phrases.

« Rois, empereurs, princes héritiers ou dirigeants », écrivez-vous;

La phrase est mal établie;

Après le tryptique « rois, empereurs, princes héritiers », termes précis,

Le terme « dirigeants » est vague; il eût fallu préciser : ministres, diplomates, états-majors, présidents de république, que sais-je?

Autre critique : « dirigeants » est insuffisant; les officiels, c'est bien; mais auriez-vous oublié

Les « puissances occultes »,

Financiers, industriels de haut parage, grands et petits journaux, j'en laisse et des meilleurs,

Que votre volonté, bien sûr, est de livrer, eux aussi, au châtiment...

Les coupables... tous les coupables, avez-vous dit...

Mais vous n'êtes pas, messieurs, des stylistes;

Vous êtes des consciences;

On vous comprend, et ça suffit...

Les coupables... tous les coupables... quels qu'ils soient... sans exception... et à quelque nationalité qu'ils appartiennent...

Il est réconfortant d'être d'accord.

Janvier 1918.

QUATRE PETITS DYPTIQUES OU JEAN-QUI-PLEURE PREND LE MASQUE DE JEAN-QUI-RIT

LES VIES PARALLELES DES ANCIENS ET DES MODERNES

I. — TYRTÉE

Quand les Lacédémoniens partirent cette année-là en guerre,
Strabon raconte que devant eux
Un vieil homme
(Mais contrefait, celui-là, faible d'esprit)
Marchait, la lyre aux doigts, la strophe aux lèvres,
Embatêria! braves soldats! point de merci à l'ennemi! aux dieux infernaux les traîtres !
Et tous les cœurs
Etaient comme un bouquet de fleurs.

Point inférieurs,
De 1914 à 1918,
De beaux vieillards et même des quasi-vieillards et même des pas-du-tout vieillards

Ont pris la lyre
Et célébré l'épée,
Comme Tyrtée, comme Tyrtée.

Mais Tyrtée opérait lui-même.

II. — LES AMAZONES

Quand Ulysse, raconte Homère, fut au pays des Amazones,
Il entendit de grands cris, des cris de femmes, des cris de guerre...
Hoho! Héhé! Ilého!
Aux armes!
Sus aux mécréants!

Point inférieures,
De 1914 à 1918,
Combien de nos grandes bourgeoises
Eurent le coup de gueule, eurent l'invite de la main!
Chaque jour ces belles personnes
Ont chanté les chants de Bellone,
Comme les A,
Comme les Ma,
Comme les Amazones.

Mais les Amazones opéraient elles-mêmes.

MOURIR POUR LA PATRIE

I. — JACQUES DE BOURSEPLATE

Jacques de Bourseplate et son ami le baron de Rothschild.

L'œil coquin, mais la bouche très bon enfant,
Ainsi parle Jacques de Bourseplate :
— Comment je comprends l'amitié?
Celui qui a subvient à celui qui n'a pas.

Mourir pour la patrie...
Vous, bien sûr...

II. — LE BARBON

Le barbon et le jouvenceau.

On cause, évidemment, de la guerre, du front, et de ceux qui se sont fait tuer.

Les yeux virés aux cieux, ainsi parle le barbon :
— Ah! si j'avais été plus jeune!

Mourir pour la Patrie...
Pas moi, bien entendu...

CETTE DAME ET CE MONSIEUR

I. — LA DAME

Cette dame, chacun la connaît, elle se nomme légion;
Des fois, elle vend quelque chose,
Ou bien, c'est son mari qui vend, à moins qu'il ne soit employé de l'Etat ou de la Ville;
Elle a des enfants qui lui donnent bien du tourment;
Suivant les cas, elle porte, au bout des oreilles, des petits morceaux de brillants ou de soi-disant,
Et c'est une très honnête femme;
Des fois aussi, c'est une qui fait la noce, et ça ne change rien à rien;
Car ici et là, quoi qu'il advienne, pareillement et sempiternellement,
Elle affirme, tranche, tance et régente,
Et accable un chacun de sa perfection,
Que Dieu le Père devant elle ne piperait...
Elle est la dame qui ne se trompe jamais.

Et moi je dis
Qu'elle crèvera, bête maudite,
Par qui, tout autour d'elle, on pleure.

II. — LE MONSIEUR

Et ce monsieur, on le connaît, lui aussi se nomme légion;
Il est tout ce qu'on veut, commerçant, rentier, ouvrier, gent de lettres;
Il a commis mille méfaits,
J'entends les vilenies que le code pénal néglige,
Paroles données, puis retirées,
Petites trahisons dans le secret,
Insolence tour à tour et platitude,
Abus de force ou abus de droit;
Quant aux femmes, il sait comment on doit traiter ces garces-là;
Mais il est pour autrui un juge sans indulgence...
Il est un honnête homme, lui.

Et je dis que cet homme-là,
C'est vous,
Qui, vous?
Vous, parbleu! ceux qui ont fait la guerre et fait la paix.

HERR PROFESSOR A LA PAROLE

I. — UN EXEMPLE A LA THÉORIE DE LA SINCÉRITÉ EN ART

Nous avons dit, messieurs :

Mal écrire, c'est ne pas penser...

ou :

Pour écrire bien, il faut penser réellement.

Prenons une phrase des plus dites pendant la guerre :

« Il faut se battre jusqu'au bout. »

Pour en apprécier la valeur, cherchons, conformément à notre théorie, si elle a été réellement pensée.

Il faut se battre jusqu'au bout... Voyons d'abord : Il faut se battre...

Qui ça, se battre?...

Deux sens sont possibles :

Il faut que je me batte...

ou :

Il faut que les autres se battent...

Donc, si celui qui prononçait la phrase avait pensé, il se serait vu contraint de choisir entre :

Il faut que je me batte...

ou :

Il faut que les autres se battent...

Passons à la deuxième partie : ... jusqu'au bout...

Jusqu'à quel bout? jusqu'au bout des forces? des

forces de qui? jusqu'au bout de mes forces, ou jusqu'au bout des forces des autres?

Celui qui aurait été au fond de sa pensée se serait aperçu qu'il fallait choisir entre :

Jusqu'au bout de mes forces...

ou :

Jusqu'au bout des forces des autres...

Donc, la phrase : « Il faut se battre jusqu'au bout... » devait se remplacer par l'une des suivantes :

Je veux me battre jusqu'au bout de mes forces...

ou :

Je veux que les autres se battent jusqu'au bout de leurs forces...

Voilà la sincérité, — la sincérité avec soi-même, — dont nous faisons, messieurs, la qualité première de tout écrivain.

II. — DE L'UTILITÉ DES ÉTUDES GRAMMATICALES

Vous avez entendu pendant la guerre répéter le mot « Marchons! »

Examinons, du point de vue grammatical.

La première personne du pluriel exprime que le sujet comprend un certain nombre de personnes parmi lesquelles celle qui parle.

« Marchons » signifie donc qu'il y a un groupe de personnes qui sont décidées à marcher et que celle qui parle fait partie de ce groupe. Si celui qui disait « Marchons » entendait marcher lui-même avec les camarades, il s'exprimait correctement et avait droit, grammaticalement, à nos éloges; mais s'il n'entendait pas faire lui-même, et en personne, partie du groupe des marcheurs, il commettait une faute contre la grammaire à employer la première et non pas la deuxième personne du pluriel, et sa phrase devait être ainsi corrigée : « Marchez! »

Ne rendons pas, messieurs, Rouget de Lisle responsable; si l'on en croit la légende, il ne se contenta pas d'exhorter les autres à marcher; il marchait, lui aussi,

Tandis que la Révolution entre ses maigres mains
ramassait ses petits
Et les jetait hurlants à la frontière...

Mais que de fois, pendant la guerre (la récente guerre), n'avons-nous pas regretté qu'une Commission formée par exemple parmi les membres de l'Académie Française (qui aurait ainsi trouvé son emploi) n'ait pas été chargée d'établir une version de l'immortelle Marseillaise dont le commencement eût été :

Allez, enfants de la patrie!

Octobre 1919.

LA GRANDE HORREUR DE CETTE GUERRE ET DE CETTE PAIX

Vous avez gémi, ô mes amis,
Sur l'énorme massacre et l'énorme dévastation.
Vous avez gémi, ô mes amis,
Sur ceux qui ont marché la mitrailleuse aux reins, la rogne aux lèvres,
Et qui ne pouvaient pas ne pas marcher.
Et non moins vous avez gémi
Sur tant de clairs regards, de fronts hauts, de bouches sereines,
Qui ont offert à des idéaux morts
Le vivant trésor de leurs vies.
Vous vous êtes récriés, ô mes amis,
Sur tant et tant qui n'ont guetté
Dans le remous des foules en souffrance
Que le crissement des billets bleus.
Aujourd'hui, mes amis, vous pleurez
Sur la paix de méchanceté, la paix stupide, la paix vaine,
Les loups, hélas, seront toujours les loups;
Hélas, les poings des mauvais bergers sont armés.

Le sacrifice, hélas, comme l'amour, est un dieu qui va les yeux bandés;

Hélas, le ventre, en tout temps, en tout lieu, commande fort;

Et la horde des obscènes chiens ne cesse pas de hurler à la curée.

J'ai gémi avec vous, ô mes amis, sur cette guerre,

Et j'ai pleuré avec vous sur cette paix

Mais davantage j'ai gémi dans mon cœur

Et davantage dans mon cœur je pleure

A cause de l'hypocrisie et du mensonge et de la calomnie et de la bassesse et de la bêtise (ô bêtise de la bête!)

Et qu'on ait accepté cela, l'hypocrisie des maîtres, et qu'on l'ait faite sienne,

Et qu'on ait fait sien leur mensonge, siennes leurs calomnies,

Et que cette bêtise et que cette bassesse, d'en bas en haut, de haut en bas, monte et descende,

Comme le pus entre l'os et la plaie.

Les auteurs responsables de cette guerre?

Les atrocités de cette guerre?

L'ennemi n'est pas plus coupable que nous; est-il plus innocent que nous? cela se peut; mais tous

On est des êtres malfaisants et asservis;

Une seule noblesse est permise,
Savoir qu'on est mauvais et s'efforcer vers le mieux.
Les âmes closes à tout rayon de sincérité,
C'est, dans mon cœur, la grande horreur de cette guerre;
Et voici, dans mon cœur, la grande horreur de cette paix,
Et ce n'est pas tant l'injustice et l'oppression
Et cette loi de fer imposée au vaincu
Et la loi de l'argent imposée et au vaincu et au vainqueur,
Mais le mensonge encore, l'hypocrisie encore, et la bassesse encore, et la bêtise scélérate.

On entend quelquefois d'affreux gamins à mines de sournois,
Quand le camarade est par terre :
« Tant qu' tu n' le diras pas, qu' c'est toi qu'as commencé, je cogne!... »
La grande horreur de cette guerre et de cette paix,
C'est eux,
Eux, ces barbons sournois, qui exigent, le poing levé, qu'on leur dise qu'ils sont le droit, la liberté, la justice, la vérité, l'honneur,
Eux, ces Basiles tricolores.

Novembre 1919.

LE DEVOIR NATIONAL

— National ?
Vous parlez d'un devoir national?
Un devoir pour les nationalistes?
N'êtes-vous plus internationaliste?

— Je cite Nicolaï d'après Romain Rolland :

« Bien que tous les peuples aient leur part dans la « faute actuelle, Nicolaï n'entend s'occuper que de celle « de son propre pays... »

— J'entends.

Les tares de chez vous, les fautes de chez vous, les crimes de chez vous.

Les autres n'ont-ils point les leurs?

— A Dieu ne plaise!

Je cite encore Nicolaï :

« C'est aux penseurs des autres pays de faire, « comme lui, maison nette, chacun chez soi... »

— Le dernier devoir national?

— Le dernier devoir national.

Balayï, balaya,
Balai de poil, balai de soie,
Balai de fougère fraîche des bois,
Y a du vilain devant chez toi,
Balayï, balaya,
Balaie, ami, ce que tu vois.

Balayï, balaya,
Caca qui brille ou qui verdoie,
Caca d'hippopotame ou caca d'oie,
Y a du vilain devant chez moi,
Balayï, balaya,
Moi, je balaie ce que je vois.

— Eh bien, qu'avez-vous vu?
N'as-tu pas vu, eh bien,
Un spectacle sublime?
Cet héroïsme?
Ces divins sacrifices de soi?
Et cette noble fièvre?
Et ce peuple,
L'ami Vildrac l'a dit, ce peuple
Admirable, vous l'avez vu?

— Je dis ce que j'ai vu;
Je ne dis rien de ce que je n'ai pas vu.
Ce que je n'ai pas vu, sans doute,
C'était du bleu, du doré, du ro-rose;
Ce que j'ai vu, moi, c'était noir,
Et c'était rouge,
Rouge décomposé de sang putride, rouge de vieux sang noir.
Tu as vu, toi, des saints?
Moi, j'ai vu
Une horde de lâches vieillards, de menteurs jeunes et vieux,
Une bande de dupes, plus vils dans leur sottise que les autres dans leur méchanceté,
Un délire de fous mourant pour le néant,
Une meute de profiteurs, les uns maigres, les autres gras, tous grimaçants,
Les uns échine basse, les autres torse beau,
Et tout au fond un pauvre troupeau pâle, geignant, saignant et tailladé.
Ce que j'ai vu?
A droite, une qui crie : Ici, champagne, et un amant!
A gauche, une qui crie : Ici, du sang, et des cadavres!
En haut, quelques scélérats qui bouffonnent.

Et leur bêtise! leur incapacité! leur infatuation!
Ce que je vois? le résultat de leur guerre!
Ce que je n'ai pas vu,
Hélas pour moi, hélas,
Je n'ai pas vu, hélas,
La victoire, ange qui vainc la bête,
Le confesseur aux mains désarmées, Tolstoï,
Ou le jus gladii qui fonde le droit, César.
Ce que j'ai vu?
Qui donc, ô Juvénal, ô Jérémie,
O ces années couleur de boue, odeur de fange,
Caricature, orgie et dévastation,
Qui donc pourrait dire cela avec des mots, avec des cris, avec la stupeur d'un sursaut de son cœur?
Ce que j'ai vu?
Oh! je reste stupide,
Ayant dans ma poitrine une fumée à remplir la maison,
Et je ne sais, et je ne sais que dire, pour avoir tellement, pour avoir tellement à dire,
Et j'ai mes deux yeux fixes,
Et je reste la bouche ouverte,
Et je me terre dans mon âme.

— Alors, ce devoir national?

— J'essaie.

Il faut que tous essaient.

Qui sait quel est celui à qui l'esprit répondra oui?

J'essaie.

Il faut qu'un millier et qu'un millier essaient.

Il faut qu'un millier et qu'un millier et qu'un millier tombent dans le chemin,

Les uns dès le premier caillou, les autres au fossé, les autres au seuil de la porte de gloire,

Pour qu'un arrive!

Tous, essayer,

Essayer d'être Jérémie et Juvénal,

Tous, accepter

De n'être rien que dérisoire Jérémie et qu'avorton de Juvénal,

Afin que, d'entre nous, un soir, à la barrière de la ville et de sa joie,

Tel qu'un lion monte du fourré,

Tel qu'un épervier fond des nues,

Tel qu'une flamme d'incendie éclate la fenêtre,

Tel que l'inondation casse la digue,

Tel qu'à l'aurore le soleil,

Tel que la grêle,

Tel que le vent de malemort,

Tel qu'une baïonnette barre un sentier de son Qui Vive,

Tel qu'un heurt à la porte éveille le dormeur au petit jour,

Tel que la peur,
Tel que la fièvre,
Tel qu'un cri de colère,
Tel qu'un éclat de rire,
Il apparaisse, lui,
Lui, l'homme prophétique,
Qui dira, qui dira...

Seulement, seulement,
Si tu veux réussir,
Sache, jeune homme,
C'est pas comm' ça qu'il faut agir.

Flattez! flatti! flattons les dames!
Les voilà, les jolies dames!
Pour réussir
Il vaut mieux d'avoir le sourire.

Flattez! flatti! flattons les dames!
Si tu veux qu'on couronne ta flamme,
Faut être bien poli, bien gentil, bien mignon;
A faire le grognon
On ne récolte rien de bon.

Flattez! flatti! flattons les dames!
Les voilà, les jolies dames!
Flattez! flatti! risette aux dames!

Plutôt que faire les gros yeux
Faut se montrer ben amoureux.
Flattez! flatti! flattons les dames!

Les dames n'ont jamais aimé
Qu'on leur dise leurs vérités.
Flattez! flatti! flattons! flattez!

Décembre 1919.

1920

HOMMAGE A SCHOPENHAUER

OU LE PROBLEME DE L'INTELLIGENCE

Soir d'été; douceur tiède; champs aux bonnes senteurs; repos du lac et de la rivière et des montagnes; troupeaux qui paissent; âmes rassérénées des hommes; couples qui rient; vieillards qui flânent; enfants qui jouent;

Paix des choses et paix des êtres...

Regardez mieux!

La pierre heurte la pierre et la rompt; l'eau dissout; la plaine est un éboulement;

Arbre ou plante, l'un prend à l'autre obstinément sa part du sol, sa portion de soleil;

Nul insecte qui ne soit assassin;

Vous avez lu Fabre, vous, les anciens?

Vous avez lu Lucrèce, vous, les jeunes?

Quiconque mange a détruit quelque chose;

De la pierre à la plante, de la plante à l'invertébré, et jusqu'aux grands anthropoïdes, et jusqu'à l'homme,

Struggle for life, c'est bien cela;

Ainsi qu'un loup qui rôde, cherchant qui dévorer,

Ainsi que le buisson que le buisson étouffe et qui étouffe le buisson,

Ainsi que le torrent dévastateur, que le ruisseau chanteur, que la marée des mers,

L'homme des temps préhistoriques chasse sa proie.

Volonté de vivre,
Et de grandir, oui, aux dépens chacun d'autrui;
Et quand l'intelligence est née, elle est un instrument à la volonté de vivre,

Un instrument nouveau, un instrument de guerre.
Outil perfectionné, bravo à l'invention!
Un instrument? deux fois un instrument.

Tels Oliab avec Béliséel
Sculptaient, l'un l'idéal, et l'autre le réel.

Deux instruments,
Et l'un arme le bras,
Et l'autre arme le cœur.

L'inconscient disait : Mon poing tendu! et c'était un sauvage assaut;

Alors l'intelligence a dit : Je fournis mieux qu'un poing tendu; je fournis l'arme dans le poing.

L'inconscient disait : Ma faim! et c'était une rouge colère;

Alors l'intelligence a dit : Je fournis mieux, mieux que la faim,

Je fournis la bonne cause,

Afin que mieux on s'entretue, les hommes!

L'homme pourtant, et dès les premiers temps qu'il fut homme, s'est inquiété;

Aussitôt qu'il est homme, l'homme interroge;

Il interroge, et il s'étonne; il doute; peu à peu, il s'enquiert.

Quelque moyen ne peut-il s'inventer, pour qu'on s'accorde?

Et l'homme doute, et il s'enquiert, et il s'approche.

On est les fils du même ancêtre, et c'est le clan;

On est des clans qui font l'échange; c'est la tribu;

La société est née;

Une religion, des lois, une morale;

Tu ne tueras pas ton prochain, c'est-à-dire celui du clan, de la tribu;

Tu ne convoiteras pas sa hutte, ni sa femelle, ni son bœuf, ni son âne, ni rien qui lui soit propre.

Essai, essai de trève;
Trève entre loups.

Milliers d'années; et c'est l'état.

L'Orient s'organise; autour de la Méditerranée, voici les villes;

Phidias, d'un doigt serein, façonne l'homme harmonieux;

Rome est fondée;

Les douze tables, en des dictons d'airain, façonnent l'homme juste;

« Et rien ne plaît aux yeux des dieux

« Comme ces réunions d'hommes, assemblés par le droit, qui sont dénommées les cités. »

Le droit? c'est-à-dire un moyen pour que l'homme s'assoie à la table de l'homme;

Et ailleurs un moyen encore:

« A qui te frappe la joue droite, tends la joue gauche. »

Ainsi, parmi vos pères, on a interrogé, on a douté, on a tenté,

Depuis vingt mille années,

Si elle ne pourrait pas, l'intelligence, bâtir la tour,

La tour des peuples,
Peu à peu, à mi côte, et vers le ciel,
Pierre après pierre,

Et quelquefois un pan de mur s'écroule,
Mais l'ouvrier a le cœur à l'ouvrage,
Et, chaque été nouveau, l'ombre s'allonge, que la masse projette dans la vallée.

O progrès! ô lent progrès! ô sûr progrès!

... Que je rie!... que je m'esclaffe!... que je pouffe!... que je hurle de rire!...
Le progrès!... le lent progrès!... le sûr progrès!...
Dix millions de tués!
Vingt millions d'éclopés!
Cent milliards de ruines!

Le progrès!...
Au lendemain de cinq ans de tueries, allons, les hommes, aux casernes! allons, les femmes, des enfants!
D'une frontière à l'autre, voilà quant au progrès.

Et dans l'état, quant au progrès, voici :

Les bons bergers, en haut, l'or dans les poches, le fouet aux mains, le cœur insatiable;

En bas, les bons troupeaux, et tour à tour ils flattent du museau, comme des chiens, et tour à tour grincent des dents, comme des hyènes.

Et au foyer, quant au progrès,

La querelle a-t-elle pris fin? a-t-on plus de respect ou plus d'amour? a-t-on dans les serments plus de pudeur? dans les baisers plus de mémoire?

Après-midi d'été; douceur tiède; paix des choses et paix des êtres...

Et le mensonge aussi, l'oppression aussi, la haine;

Entre états, dans l'état, au foyer,

On est encore les hommes des cavernes.

Telle l'âme, ainsi enseignent les églises,

Et elle est née sous la loi du péché,

Et tout à coup il semble qu'elle s'évade,

Cherchant son dieu, cherchant sa paix, cherchant son grand amour.

Et tout à coup elle est reprise; Satan a dit : C'est moi! et je suis maître.

Oh! qu'elle se refuse, l'asservie!
Qu'elle se dresse!
Qu'elle soit un œil ouvert, un œil levé, un œil ailé!

Vous avez vu cette dérision?
Quelques-uns, des meilleurs entre les cerveaux, en ont fait un parti,
Le parti de l'intelligence,
Le parti de l'intelligence mobilisée.

Car il faut qu'elle serve;
Les intérêts du groupe, les intérêts de la patrie, les intérêts de l'ordre, les intérêts du genre humain,
Il faut servir...

L'intelligence libre? pensez-vous?
Vivre d'abord! ainsi, par leurs bouches qui haut raisonnent, l'instinct clame.

L'intelligence esclave, oui,
Esclave de la volonté de vivre.

Que ne puis-je leur dire : Secundo vivere,
Primo philosophari!

L'espoir des cœurs est en la geôle au démon primitif.

Schopenhauer!
Tout est ténèbres dans les cœurs,
Tout est clameur,
Tout est fumée,
Tout est ruée
Vers sa faim ou vers sa colère,

Et l'asservie
Chante le chant
De la glorification.

MES DIEUX

Mes dieux, ce n'est pas quelque seigneur puissant
Qui commande à la pluie, au beau temps, qui légifère, punit et rémunère;
Mes dieux, c'est l'âme grande qui s'exalte des âmes petites,
Ainsi que la senteur d'un verger est la senteur de mille fruits,
Ainsi que le feu d'un brasier est le feu de cent charbons qui rougeoient,
Ainsi qu'une mer est le flux de tant de rivières et de lacs purs et de torrent précipités.

Adorer, ce n'est pas un genou qui se ploie, deux mains jointes, une bouche qui glorifie,
Un œil levé vers quelque paradis,
Une requête
Pour le souper ou la calme nuitée ou l'aventure heureuse;
Adorer, c'est entrer en conscience
D'être fleur du figuier, charbon du brasier rouge, goutte du fleuve ou du torrent ou de l'étang;

C'est reconnaître en soi les dieux,
Se reconnaître dans les dieux,
Etre en les dieux.

Jusqu'au temps du souffle qui s'endort et de la toute paix,
Qu'ainsi je communie en ce soleil,
Et en le ciel et en la terre,
En les parfums de cette riviera et son repos riche de songe,
En la voix d'un piano où joue la vie et joue la mort,
En le printemps d'une âme amie, tard advenue, et qui a hâte d'être en fleur,
En la matière et en l'esprit,
En ceux là-bas qui veulent, en ceux qui osent, en ceux qui bravent, en ceux qui s'offrent,
En les choses et en les êtres,
En la pensée
Qui déroule, l'un après l'autre, tous les possibles, avec leurs chatoiements,
Comme une femme entre ses mains déploie des étoffes mêlées,
Et elle rit à leur féerie,
Et l'homme cependant se tient derrière et il regarde et il se tait.

LES CHANTS DE CLAUDIEN

I

HOLA! VOUS QUI DORMIEZ

Holà! vous qui dormiez! holà! c'est le moment
A recharger le fardeau cher, le cher fardeau.

L'or ruisselle, les fleurs se tendent, l'heure pleure.
Que de belles batailles, que de victoires et quelles lassitudes!
Que de joies et que de rancœurs!
Que de fièvres, que de querelles!
Que d'amour pareil à de la haine!

Holà! vous qui dormiez!
Voici le jour; assez, la trêve!
Ainsi je heurte à mainte porte.
Vous qui dormiez, holà! l'angoisse vous appelle.

II

JE LES AI VUS

Je les ai vus là-bas la nuit, tes yeux,
Dans la cabane des bergers,
Sous le baraquement des terrassiers,
Aux confins des prairies, près de la hutte des pionniers.

Au détour des jardins naïfs où les colons
Se complaisaient à façonner un peu de la patrie,
Combien de fois je me suis arrêté
Chercher ma fleur pourpre de sang, fauve de feu.

O toi qui m'as damné mais enivré,
Comme une des boissons qu'on boit là-bas sous le soleil austral.

Et ta voix répondait : — Et moi,
Ne t'ai-je pas damné aussi,
Et mon amour ne t'a-t-il pas, toi aussi, enivré,
Comme un de ces parfums que l'on respire
Ici nos nuits de France?

III

MONTE, O MA PLAINTE

Monte, ô ma plainte, vers mes lèvres!

Autrefois j'entendais des chants tendres d'oiseaux chanteurs;
Les matins autrefois étaient mes frais camarades;
J'avais avec l'étang des conversations qui ne finissaient pas;
Je m'amusais des bêtes des prairies et des mouches de la fenêtre;
Un éternel présent exaltait ma fragilité;
J'interpellais de cris grandiloquents le soleil;
Entre les fleurs de mon jardin j'ordonnais des concours et je distribuais des prix,
Et je riais, dressant des arches claironnantes devant la porte de la vie.

Je n'entends aujourd'hui que la voix chuchotante de mon cœur.

Descends, ma plainte, vers mon cœur!

IV

ET LA VOIX DE LA FIANCÉE CHANTE

Et la voix de la fiancée chante.

Le fiancé est arrivé, hélas! hélas!
D'aucun cri ne m'a convoquée,
D'aucun geste ne m'a saluée.

Le fiancé est arrivé, hélas! hélas!
Ses deux yeux il avait baissés,
Ses deux mains il avait fermées,
Et sans son âme il est entré
Au logis qui l'avait choyé.

Le fiancé est arrivé, hélas! hélas!
Deux hommes de noir habillés
Sur leurs épaules l'ont porté.

Aussi longtemps qu'en trouverai,
Des pleurs, des pleurs je répandrai,
Et lorsque plus je n'en aurai,
Sur la terre me coucherai,
Et comme lui je dormirai.

V

ICI VOICI LA MER

Ici voici la mer, âpre, aux agitations ou hurlantes ou taciturnes;
Vieille amie des aventuriers,
Ici voici la mer aux fortunes miraculeuses,
La mer forte en tourmentes, la mer aux calmes redoutables.

Là-bas est la bourgade et ses collines et sa rivière,
La bourgade aux matins profonds,
La douceur des ciels innocents,
La bourgade où nul ne revient.

Par derrière est la ville, la ville bruissante,
La ville aux folies qui flambent,
La grande ville où toute joie se fait angoisse.

Ici voici la mer,
L'âpre amie des aventuriers,
L'épouse au sein toujours ouvert.

BIBLIOGRAPHIE

Ces poèmes ont paru, la plupart dans les *Cahiers Idéalistes*, les autres dans la *Forge*, les *Humbles*, les *Lettres Parisiennes*, le *Mercure de France* et la *Revue de l'Epoque*.

Outre quelques corrections de détail, on a rétabli ici quelques passages interdits par la Censure ; on a également restitué la fin du poème *Ainsi parlerait-il peut-être*, dont la conclusion avait pu sembler obscure telle qu'on la lisait dans le texte publié en 1917.

TABLE

1919

1920

Rouen, Imprimerie « des Petites Affiches de Normandie » — Décembre 1921

Prix : 15 francs

En vente aux Cahiers Idéalistes

et chez Povolozky et Cie, 13, rue Bonaparte, à Paris

www.ingramcontent.com/pod-product-compliance
Lightning Source LLC
LaVergne TN
LVHW012016220826
846092LV00001B/368

* 9 7 8 2 3 2 9 7 7 6 5 5 2 *